imaginist

想象另一种可能

理
想
国
imaginist

木心全集

爱默生家的恶客

木心

上海三联书店

图书在版编目（CIP）数据

爱默生家的恶客 / 木心著 . —上海：上海三联书店，2020.5
（木心全集）

ISBN 978-7-5426-6885-1

Ⅰ . ①爱… Ⅱ . ①木… Ⅲ . ①散文集－中国－当代
②小说集－中国－当代 Ⅳ . ① I217.2

中国版本图书馆 CIP 数据核字 (2019) 第 272278 号

爱默生家的恶客

木心 著

责任编辑 / 殷亚平
特约编辑 / 曹凌志
装帧设计 / 陆智昌
制　　作 / 陈基胜　马志方
监　　制 / 姚　军
责任校对 / 张大伟

出版发行 / 上海三联书店
　　　　　（200030）上海市漕溪北路331号A座6楼
邮购电话 / 021－22895540
印　　刷 / 山东韵杰文化科技有限公司

版　　次 / 2020 年 5 月第 1 版
印　　次 / 2020 年 5 月第 1 次印刷
开　　本 / 787mm×1092mm　1/32
字　　数 / 90千字
图　　片 / 2幅
印　　张 / 5.625
书　　号 / ISBN 978-7-5426-6885-1/I・1577
定　　价 / 56.00元

如发现印装质量问题，影响阅读，请与印刷厂联系调换。

2008 年　乌镇

爱默生家的恶客

　　由于读书太少，且今尚未见过有人书写"讣表"的文章。李清照写了一卷，近乎绝迹。她的文字技巧太精致，即使连用灰烬，还是敲金戛玉，然而表不了冗冗奄奄的心态气氛。宋词是程美文学，颇似意大利的美声唱法。　安得列·纪德写过一卷，那里慵用额语，只心灵的生命在悦豪，作蠕蚁，年轻诗人必经之路上的一站。没写长也没写深，读来纪德不存心去写"讣表"，用了讣表这个词，本意却在别处。　西班牙作家中已住生很爱惜。英国作家中有几个可说是另案想的，阿左林·司忌斯惯于伤感，还不致讣表，和马拉美一样，纯情、出着色，不是酡色。

　　大概因为人在讣表中时，拿不起笔，激不拢神，而些聊赖，都懒好，懒为解一句见文学作品都是来于"讣表"还未来到时，或者

爱默生家的恶客

目　录

一辑

二辑

三辑

附录

第一辑

圆 光

　　无论东方西方，美术中显形的神主、圣徒、高僧，头上必有圆光。东方的绘画雕塑，注重正面造型，圆光的安置总能妥帖，从而愈演愈繁，层出不穷的所谓法轮宝相，华丽无比。西方则不然，简单一圈或一片，从不考虑装饰，就整体而言，倒也纯净悦目；无奈事情发生在西方的绘画雕塑不满足于正面，还要作侧面半侧面的造型，这一侧，圆光势必要随头部之转而转，转成了椭圆的铁环铜盘状，临空浮在头顶上，非常之不安——这还算什么神灵之光，委实滑稽，刺目的滑稽。

中古世纪的造型艺术家，在西方大概也还不知空间是几维度的，光是几进向的，然而已经用上了解剖学和透视学；而这头上的光却不符物理的常识，夹在与解剖学透视学原理无误的形相里，越发显得格格不入，所以才会如此滑稽刺目。无论如何总是功亏一篑美中不足的了。而且分明在讽示：凡神主、圣徒、高僧的头上的圆光都是假的，弯弯扭扭硬装上去的——自然真理的严厉一瞥，警告艺术家不要胡来，然而这能怪艺术家么。

我之所以一直还不能成为西方宗教的信徒，也许就是因为看到了这个贻笑大方的破绽。万能的全能的主啊，这个破绽实在不体面，使无神论者更加振振有词了。我之所以一直还不能成为东方宗教的信徒，也许就是因为看到了法轮宝相的过分华丽，这样的精致豪奢，光彩夺目，叫人怎能静得下心来，低头瞑目也亦然眼花缭乱的。

这不过是"滑稽"。还有别的，可说是近乎"凄惨"。

稍老一辈的中国文人，皆知弘一法师其人其事。李叔同先生博涉文学、音乐、绘画，尤擅书法。早年演剧，

4

反串"茶花女"。他东渡日本留学，翩翩浊世佳公子，称得上一代风流的了。想必出国前已成家室，所以归国之日，携一日本女子回府，原配夫人闹得个烟尘陡乱。据说李先生就是因为调停乏术，万念俱灰，快速看破红尘，孑身潜往杭州虎跑寺剃度受戒。两个妻子火速赶来，丈夫已经坐关了。坐关是自愿的禁闭，由当家和尚亲手在斗室的门上贴好封条，到期方可启封出关，饭盂水罐从一小窗口递进递出。当时李家两位夫人在"关"前双双跪地嚎啕，苦求夫君回心转意……一天一夜，里面寂然不答半句话——此心已决，誓不回头，弘一的坚定彻底是值得钦敬的。

世伯赵翁，是弘一法师的好友。某年我去叩贺赵太夫人的华诞，看到弘一法师手抄的一部金刚般若波罗蜜经，是特地奉赠给赵翁萱堂的。我实在佩服他自始至终的一笔不苟，不扬不萎，墨色也不饱不渴。佛经中多的是相同的字，写得宛如独模所铸——书道根柢之深，倒是另一回事，内心安谧的程度，真是超凡入圣。这种纯粹的境界，我是望而生畏的。俯首端详这部手抄的经典，说不出的欢喜赞叹，看得不敢再看了。

平时多次在富家豪门的壁上，见到弘一法师所书的屏条。字，当然是写得一派静气。然而我有反感，以为出家人何必与此辈结墨缘，就算理解为大乘超度普救众生，我也还是觉得其中可能有讨好施主的因素在。借此而募化，总也不是清凉滋味——我发觉自己很为难，同情出家人的苦衷比同情俗人的苦衷更不容易。

　　赵老伯是著名学者，大雅阔达，卓尔不群，自称居士，释儒圆通，境界也高得可以。某日相随出游，品茗闲谈，谈到了弘一法师示寂前不久，曾与他同上雁荡山，并立岩巅，天风浩然，都不言语。自然是澄心滤怀，一片空灵。而人的思绪往往有迹象流露在脸上，赵老伯发现弘一的眼中的微茫变化，不禁启问：

　　"似有所思？"

　　"有思。"弘一答。

　　"何所思？"

　　"人间事，家中事。"

　　赵老伯讲完这段故事，便感慨道："你看，像弘一那样高超的道行，尚且到最后还不断尘念，何况我等凡夫俗子，营营扰扰。"

当时我是个不满二十岁的青年，却也深有触动，所以至今记忆犹新。赵老伯素来恭谨，从不臧否人物，皆因父辈至交，才会在世侄面前说此一段往事，恐怕除了那天纯出偶然地对我谈过之后，从此不复为外人道，因此值得追记。我视之为舍利子。

赵老伯敏于感，勇于问。弘一法师率乎性，笃乎情；如若他答以"无所思"，或以梵谛玄旨作敷衍，那是多么可怕，虚伪是卑污的。而弘一法师就能坦呈直出，这是了不起的，是永远的灵犀之光，比那装饰性的炫光，比那如圈似盘的钝光，更使我难忘。我对弘一法师的任何良与不良的印象都可以取消，就只保存他这句示寂前不久吐露的真声。多少严闭的门，无风而自开，搏动的心，都是带血的。

记得我没有问赵老伯当时听到弘一法师如是回答的刹那间，弘一头上有无出现圆光，因为我知道必是有的——并非世伯和世侄的感想不尽相同，而是完全不同，这样的"代沟"，有比没有好。

这不过是凄惨，凄惨而明亮。更有一种圆光，可说是近乎残酷，残酷而昏暗。

夜晚，几个朋友在小酒吧一角絮絮清谈。

研究生物物理学的乔奇说："人体本身不停地发着某种光，天赋特异功能者其光度较强，有时肉眼也能看见这种紫的青蓝的毫芒，头部更觉得明显些。"

对不明飞行物最感兴趣的松田说："外星球体来客所穿的宇宙服，那个头盔，就是古代雕刻壁上的神像的圆光，在埃及、墨西哥、俄罗斯，都能看到，古代人凭记忆、传说，作了概括的图象。"

从事绘画雕塑的欧阳说："以圆形衬托头部，可以使观者的视线集中到人物的脸上去。"他又笑着自白："我的头，也一度有过圆光。"

大家疑惑，欧阳微笑不敛，慢慢道来：

"二十世纪末叶，某国，某十年，发生了某种类似宗教异端裁判庭的事件。我本来也不好算是异端，却因某件浮雕的某一细部受人指控，转瞬就被关押起来。一间大约二十平方米的屋子，三面是墙，一面是铁栅栏，容纳五十余人。白天坐着立着，人际有点空隙，夜间纷纷躺下来，谁也不得仰面平卧，大家都得直着腿侧身睡，而腹贴前者之背，背粘后者之腹，闷热如蒸的夏夜，人人汗出如浆……这且不谈，单说那头上的圆光的发生吧！

"漫长的白天，老少中青济济一堂，凡资深者才有机缘靠墙而坐，新来乍到的呆在中区，无所凭借，腰酸背痛，更觉日长如年。监章规定：不准泄露姓名和案情，不得导听旁人之案情和姓名。我牢牢记住，坚不吐实，亦毫无兴趣与人攀谈。两个月之后，我侥幸得了靠墙而坐的资格，果然对腰背大有帮助，简直是一种享受。而且眼看别的囚徒，窃窃私语，颇不寂寞，所以当那个紧挨在旁的白发长者第三次低声垂询：'阁下所为何事？'我就轻轻答曰：'雕塑闯了祸。'长者大喜，原来他自以为遇到同道了。他是一位颇有声望的美术鉴赏家兼画家，偎着我的肩温存耳语：'不要灰心！不要灰心啊。'我反问：'你怎知我灰心了。'长者幽幽道：'从神色看来，你走艺术的路走累了，又不愿走邪路，只好洗手不干。'我觉得他有点眼光。长者又言：'看我这把枯骨，还要画，画到枯骨成灰，骨灰还可做颜料。你年轻一半，不要灰心！'我反驳：'画到死，雕到死，有什么意思。''对啊，然而别的，更没有意思啊。'这倒真是一语道破，我已经雕塑了如许年，再改做别的事？还没有去做已经觉得比雕塑更没有意思了。不禁侧首看了长者一眼，白发如银，他诡谲地微笑着问我：'做过浮雕的佛像吗？''做过。''那头上，脑后，有圆圆的一轮？''佛光。'长者吸了口气：'你知道是怎么来的？''天生天赐。''不见得……你看，看对面那些坐着的人的头！'一经点破，我顿悟了——一个一个人头的后面，果然都有圆晕衬托，那是许多来过这里的人的头，不断地与涂着一层石灰的墙面接触，头垢染出灰褐色的圆晕；人高矮不一，你摩我擦，合作出来的圆晕，其大小与正坐在那里的人的头之比例，恰如一般画像雕像上的庄严佛光。而且到了这种地步的人，一进监房就得强行落发，时值盛夏，大家都赤膊，靠墙盘腿趺坐，那圆晕、那秃颅，俨然十八尊大阿罗汉，只多不少——我笑出声来！服了那长者对付苦难的必不可少的幽默，何况这样的印证已远远超乎幽默之上。

"长者见我领会到了，便十分欣慰，精神为之抖擞，

10

从此我们成了忘年莫逆之交。"

欧阳也从我们几个听者的眼神和笑声中得到了他所需要的赞赏。

大家拿起酒杯，不知为什么而干杯，也都干了。

草 色

已经很少人读爱默生的诗文了，我还是喜欢读，就是不愿读那首非常著名的《悲歌》，写的是他的幼子之死，爱默生的儿子与我何干，诗又长，"长"字和"诗"字连在一起是不堪设想的。

巴黎的友人来信催：

"写吗？你赶快写啊！重新粉墨登场。"

隔了个大西洋，友人不明我的处境，在这间不是自己的屋子里，举目无书，辞典也没有。

回信巴黎时，我写道：

"这里什么也没有，记忆力也没有，美国之大，对我是个荒岛，'星期五'也没有，我如今是'文学鲁滨逊'……"

但我有个房东，他是愚人节的明星，万圣节的宠物，每次付租金给他，他异常兴奋，状如接受我的恩赐，见他的心情佳，我说：

"你有什么书可以借给我么？文学的、哲学的、掌纹、不明飞行物……除了烹饪、育婴，其他都可以。"

我听信依修午德的话，他能发现一位交通警察会画水彩画，我为何不能找出一位肉店老板会写十四行诗。我的房东为什么不可能是藏书家。翌日，果然送来两本书，一本 *Art of Loving* （by E.Fromm），是爱就一句话也不用说，爱是文学所不达的。我不想看。第二本 Emerson 的诗集，此集中堪读的早已读过，少数尚能记诵，那就逼得我非啃这首悼亡之作不可了——一边读，一边回忆起另一个在人间走了没有几步路就永远消失了的可爱的孩子。

男人也有嘉年华，我十五六岁时，至今犹不能不承认当时的善于钟情，我钟情于一对夫妇，男的是军官，女的是闺秀，男的肤色微黝而润泽，躯体遒健，脸是罗马武士的所谓刀削似的风情。他的眉眼就是战争，他的笑靥就是战后的和平。女的恰好是颀长白皙，莹润如玉，目大而藏神，眉淡而入鬓，全城人都不住地惊叹她的柔嫩，我知道历史上有过美子被众人看死的事，真恨这么多的人不罢不休地谈论她，她要被谈死的。

这对夫妇来我家作客，我视同庆节，单单是他的低沉而甜美的嗓音和她的清脆婉转的语调，就使整个客厅又温馨又幽凉。

军官夫人天性和悦，色笑如花，隐隐然看出我对她的崇敬，在谈话中时常优惠我。军官才智过人，他明白我的痴情，悄然一瞥，如讽嘲似垂怜，偶尔对我有亲昵的表示，我决然回避——知道自己的爱是绝望的，甘心不求闻达，也无福获得酬偿。爱在心里，死在心里。

一年后，他们带来了男孩。

三年后，那男孩的出奇的可爱，人人都看见了，人人都道从来不曾见过如此聪明美丽的孩子。但是我想，唯有我能看出，他是如何机巧地把父亲的雄伟和母亲的秀雅调融得这样恰到奇妙处。父、母、子三个都不是神仙，在形象的价值上，对我却是一部终生难忘的传奇，后来确实没有遇到过这样的三位一体。

孩子有母亲莹白细腻的肤色，因为幼稚，更显得弹指欲破的娇嫩，幸好由他父亲的刚性的轮廓蕴在内里使这姣媚成为男孩的憨变，使人无从误认他为女孩。中国人真是愚蠢，往往把长得貌似美女的男人评为俊物,而把充分具有男子气概的人视为粗胚。那军官的美，便是为当时人所忽略的，至多觉得他神气、威严，却全不见他的眹丽，他的温茂，犷野中丝丝渗出的柔驯。而军官夫人的美是一致公认的，孩子的美也是见者无不称异称羡。以拉斐尔的笔致之柔,达芬奇的笔致之精,都没有一次能把孩儿的美表现在画上，所见的小天使，童年约翰童年耶稣，无一足以使我心许为美，就是和他们自己所画的别的少艾妇女来比，在美的高度纯度上也是不相协调的。完全可以断言，全世界古今所有画家都不胜任画小孩，小孩是比花和蝴蝶更无法着笔的，因为我见过那军官夫妇的孩子，他的美足以使任何画家束手，他的笑容尤其使我狂喜、迷乱——所谓美人，是以他或她的笑来作终极评价的，美的人笑时将自己的魅力臻于顶点，这是真美人。反之，平时很美，一笑反而不美，这就不是真美人，这个"美中不足"太大，太严重，致命，否定了他或她的原有的功能和价值。

这孩子除了各种极美的笑容，他哭，他怨，他恼怒，他淘气，表情全都异样的魅人，尤其是哭，即使涕泪滂沱，也是别具风韵，甚至使我想到"没有比他的哭相更好看的了"，当然我不敢惹他哭，他一哭我就大慌大忙。他睡着了，我呆呆地守在枕旁，用目光爱抚他的脸，他整个完美的身，幼小的埃特美恩，希腊神话真是知人心意，以为最美的人最宜于睡着让人观赏，只有希腊的智慧才懂得体贴美，体贴爱美的人。形象确是高于一切，人类除了追求形象，别的也真没有什么可追求——我在少年时，本能地得到的就是后来用理性证实的美学观念，知识并没有给我什么额外的东西。

因此，安徒生尝到过的尝够了的"自惭形秽"之苦，当时同样弄得我心力交瘁，真愿和光同尘不复存身。后来我在这一点上深深同情米开朗基罗和托尔斯泰，终生饮这推不开的苦杯。再多的艺术成就也补偿不了他们至死方休的憾恨。

每当这一家三人翩然莅临，灯明茶香，笑语融融，我不过是小主人，一个可有可无的配角，一个暗中的戏迷，悄悄地发疯。自从有了美丽的小客人，我得救了，把对他的父母的情爱转汇到他身上。在军官夫妇的面前，自尊心使我誓不泄漏心里的潮声，礼节又形成重重隔阂，少年人对成年人的天然的恐惧，使我处处有所戒备。自从孩子来了，我便能以孩子之心与之亲近，背着他去花园登假山，偎着他讲故事，逗乐了，他会吻我，搂着我的脖子命令保姆"走开走开"，我是胜利者，他父母信任我："给你了，别累着你！"我自然明白这是一本借来的书，到时候，就得归还。

半年好韶光，三五次的翩然莅临，是我少年时代的最佳回忆。我有一个乖戾的念头：如果这孩子面临灾祸，我可为之而舍身，自认我这一生那样也就完成了——这是一个被苦于无法表示的爱，折磨得嫉妒阴惨酷烈的少年的怪念头，不知世上有没有另一个人也曾如此经验，如有，我是欣慰的，若无，我也欣慰，因为我已证明了人是可能具有无欲望无功利观念的单纯的爱，即使只是一念之诚，确实是有过，而且不谙世故的少年人可能会去实行的。

此非传记，我不写出那军官一家三人的姓名。这不是小说，我免去了许多本也值得编纂的情节。更未可说是我的自白，我殡殓了当年更凄苦更焦灼的不可告人的隐衷——可惜，也真可惜。平凡化了，也真是被我平凡化了，一半是由于我的宿命的无能，另一半是由于艺术的宿命的无能，试想如果用传记、小说作凑泊，或者假借形容辞和韵律来汇写三首诗，会是什么？会像把水藻捞上岸来，全无生气，不论是用自然主义、浪漫主义、超现实主义的手法都要牵连许多不属于他们的美的其他东西。他们也一样有缺陷，有坏脾气，有心地不洁的一角，有莫名其妙的与他们的形相不一致的种种切切，我写这些作什么？艺术上有所谓残缺美这回事，生活中则不然。标准美人又是最乏味，不可能有独一无二美到沸点冰点的异人。世界性

19

的选美活动是闹着玩玩的，美不能上天平，有度量衡的地方没有美。我少年时看到的一男一女一小孩，是三种美的魅力，正符合我的审美观念，是幸事、是憾事，总之有这么一回事。至今还觉得这三种美丽借着回忆使我怦怦心动。人的形相之美难得有几种被艺术家固定在艺术品上，人的肢体之美，以希腊雕刻表现得最如意，而人的面颜之美，艺术就无法留驻了。拜伦很明白一个英国乡村少女的红晕，有时真是比大理石的雕像更不可思议。拜伦本人的肤色就精妍得宛如云石中点了灯（我相信司汤达不致言过其实，恐怕还是言不能过其实哩）。拜伦叹道："荣名呀荣名，最后赢得的无非是丑陋的雕像一尊！"愿世人不要迷信艺术，那不在艺术之中而在艺术之外的美，常有值得爱恋的。这样才不致屡屡错失歆享的机缘，不致老是用一只脚在世上走路，为何不把另一只完好的脚放落着地，潇潇洒洒地走到尽头呢。

"人"和"艺术"一样美；艺术纯粹，人不纯粹。倘若我把那军官那夫人刻皮刻骨地写下去，那将是咎由自取，所以我悚然停住。那孩子较为纯粹，近乎艺术品，然而他随着成长而混入杂质，像他的父母一样不再纯粹，甚至还不如其父母。

一个上午，有人来我家，报告那军官的儿子急病，极危险！我立即要去探望，但他家除了医生护士，概不会客——！

傍晚，有人来报：孩子死亡！

过了一年，记得是个雨夜，有人来我家，详细地讲了军官夫人所乘的船被风浪打翻，她淹毙在船底下——尸体是捞到的……

我一心一意想像那军官如何对待命运，听人说，孩子病危时，他焚香点烛，跪在天井里不停地叩头叩头，满额血肉模糊。而妻子的死，没有人告诉我他怎么样，只知他没有死，没有疯，必然是过着比死比疯更受不了的生涯。

我曾想：在他亡子丧妻的日月中，他需要我的爱，我能有助有益于他，分担他不堪承受的双重痛苦。

我又曾想到：谁能弥补他所失去的一切，我悉心服侍，日夜劝慰，无微不至地守护照顾他，也不能补偿他的妻子儿子的爱，那是绝不相通的感情，我作为他的朋友也不是——所以我对于他是无用的，无意义的，无能为力的。

结果，我没有去访问他——生活不由人，帝王将相也都是生活的奴才。

从此我没有见过他。也许又见过他一次，战后，和平的街上，熙熙攘攘的众人里，有一背影极像是他，在我一刹那的呆望中不见了，如何寻找？

曾在一部墨西哥影片《生的权利》的利蒙达医生的脸上重见那军官的脸，然而只有三分之一的感觉，没有构成罗马武士的那种轮廓上的刀削似的风情，利蒙达医生的笑，没有那军官笑得灿烂、甘冽。也曾在一部希腊影片《伪金币》的画家的情人的脸上重见那军官夫人的脸，貌稍有所合，而神大有所离，军官夫人更灵秀，清醇，她是一见令人溽暑顿消的冰肌玉骨清无汗者——为何有这样的死？

从来没有在别的孩子的脸上身上重见那军官的儿子的美，所以我一直不喜欢小孩，我已经吻过世界上小孩中的杰出的一个，我不能爱不如他太多的那些孩子。后来我在热带爱过另一个与他不同类型的野性的男孩，那又是一回事了。

如此，终于读完爱默生的《悲歌》，引起了同情和遐想——我的心中也有一个孩子埋葬着，四十年——这样深刻的印象也要从旁提醒才又映现，可知我心中沉积的灰烬已是如何的层层叠叠，我终于会像超重运输的船，经不起风吹浪打，应该卸掉一些，从不自觉的薄幸转为自觉的薄幸。

这样想，反正是"草色遥看近却无"，那孩子是"草色"，其父母也都是悦目的草色而已。我是也没有近看过——为何活着的人站在死去的人的墓前说，"安息吧"，那是，除此之外没有别的可说。

爱默生用诗情哲理来诠释他的哀思，我并不感动，也不能含糊认同，只以为一度是他的儿子的那个小孩可能是非常值得爱恋的，如果我没有见过这种迷人的孩子中的一个，我也不会随便相信。真的同情也已经无甚意味，假的同情乃是卑鄙。

那个军官已不知去向，那个曾经由他镇守的城池已经换了一代人，即使那个来我家传报噩耗的人还活着，也不复记得这些事。当时的风俗惯例，凡头报是有赏的，不论报的是吉讯凶讯，都要给他吃好的食品，拿可观的赏金，所以奔得飞快，喘着说着，而且很懂得加进恰当的形容词。

你还在这里

乍来美国之际，对纽约有个错觉，以为时值高速世纪，地处世界金融中心，一定是瞬息万变，每天都"所遇无故物"，作为卜居曼哈顿的纽约客，当然要"焉得不速老"了。

半年过去，事实并非如此。

路上的匆匆行人是记不住面目的，摩天楼、巴士站、商店招牌，我知道不会每天变花样。但流浪人，总是浪而流之稍纵即逝的吧，不料每天上街，碰来碰去就此几位眼熟能详的星宿：一个矮小的老妪，酒糟大鼻、眯细眼、露骨的小腿、过宽的高跟鞋，有时涂了口红，挂起项链。冬日逐阳光而立，入夏坐在阴影里，满脸固定的微笑，褴褛的衣裙，竭力求取端正，一旦醉倒，四肢摊开，也就是置仪态于度外了。早晨她多半是清醒的，难为她已认识了我，总是行礼招呼，不理她呢，实在也过意不去，还之以礼呢，又怕别人以为我与之有何干系。只有两种办法了：一是低头疾走，二是绕道而行。两者都不高明，最好是送她一点东西，要求她忘掉我，就怕因此而更其礼貌有加，扈从如仪，那就逼得我非离开曼哈顿不可。

另一个高大和善的老汉，衣着称得上干净，一只劣等六弦琴，与他的躯体比，弦琴显得很小。脚边有扩音器，然而弹出来的音乐还是极轻极轻，曲调是简单到使我相信是他的创作，不过与他的淡发淡眉淡胡子很是相称。白衬衫旧了就是浅灰，牛仔裤洗久褪成鱼肚色——路人不觉得他的存在，他得不到钱币，也不知改变方式。这怎么行呢？

这两个老人总是逗留在中央公园西边的百老汇大街上。8AVE 与 57ST 交道口则有另一种风格的乞丐：

中年男子，魁梧，须发浓密，手拿空罐，唱的是歌剧中的咏叹调，他全力以赴，声泪俱下，可能是疯了的，所以又没人布施。他也失策，把罐子当作歌剧道具用了，像擎着一个圣杯，忽上忽下，忽左忽右，如果我有心布施，也真难将钱币投入罐中，只能理解为他在为歌剧而歌剧：音量之宏，隔两条街已使人感到歌剧开幕了。

乞丐、流浪人、卖艺者、游手好闲分子，似乎模式繁多，最差劲的是上来向你讨支烟。正牌的乞丐是讨钱不讨烟的。流浪人则不乞讨，都是沉默如黑影，拖着不能说少的衣物，一辈子睡眠不足似的蜷缩在树下的长椅上，浑身脏得不能再脏了，有时在地铁车厢中劈面相值，其臭气之辛烈，觉得是个奇迹。

卖艺者确实各有千秋：一个青年，将木偶置于膝上，木偶向围观者打趣，即兴挑逗，妙语横生，大家很乐意投钱，有的被木偶挖苦调侃了一阵，反而高高兴兴走近去撒了很多角子。我觉得那木偶的面相很讨厌，扁扁的，戴一副黑框眼镜，鸭舌帽盖到了眉毛，嘴巴特别阔，按发声而开合。那操纵人自己天生一张忠厚温静的脸，毫无表情，以极小的声音，通过手持的扩音器，变出一种响亮的古怪的声调语气，与木偶的面容十分相配，于是完全像是木偶独当一面与人舌战，大家被逗乐了时，操纵人也笑，笑木偶真聪明，真俏皮，应对如流——有这样的智力，为何从事这个行当……忽然大家朝着我笑了，木偶在嘲弄我，因为我凝视操纵人的脸，想找出他为何要干这个行当的原因——他的智力除了用在可笑的地方，还会用在可怕的地方，白天在这纪念碑下的小广场上出现，黑夜他在哪里？

　　就在这小广场上，常有一个黑人，中年、瘦、赤膊，牛仔裤的阔皮带上吊着些轻便武器，足登高跟黄皮马靴。他不弹不唱不耍木偶，光凭一张嘴，滔滔不绝，几乎不用换气，其顺溜、其铿锵，颇能使行人止步，特别是黑人最欣赏他的辩才，旁白帮腔，煞是闹猛。某次同场另有一个矮胖的红皮肤演说家，两相争雄，提高声浪，滚瓜烂熟地各逞其能，黑脖子和红脖子的筋脉条条绽出，我感到悲惨，走去小亭买纸烟了——奇怪的是围着的听众出了神，忘了扔钱。得意扬扬的那个，如果他的目的在于自尊心的满足，自尊心也真是多种多样的了。

与此相反的是一个卷发的年轻人，演奏电吉他，抒情。今天穿一身白，额头上扎的也是白带，明天换一身黑，额上扎的也必是黑带。微弓着背，进几步，退几步。头低累了就仰面，脖子酸了便摇摇头。似乎从来就是沉醉在自己的琴声中的，天长地久，旁若无人。脸是正方形的，嘴唇曲线分明，双目饱含着红葡萄酒似的浓情，好不容易才瞟人一眼，围观的女人连忙接住眼波，他却淡然瞑敛，径自弹他的琴。其形相、姿态、神色，与琴声协调无疑。很多人将硬币纸币投在那打开的琴匣里。夏季的阳光下，他汗涔涔下，听众也很着迷，女孩子越来越多，卖艺的卷发人始终不浪费他深情的眼波……我的好奇心不在于他，而在于设想女孩子们的心态，她们投钱，她们呆等那红葡萄酒似的一瞥，越是难得越是想得到，那街头音乐家倒真像是悟了道似的，也许是伪装的多情，女孩子们却会说：即使伪装的，也好。

夏季将尽，秋天还是这几个人点缀在曼哈顿的繁华中心吗？匆匆的路人我记不住，这几个不同风格者，朝夕相遇，已是乏味了。然而如果其中有一个长期不见，又会感到若有所失，走了吗，死了吗——一旦重出现，我会高兴，心里说：你好，你还在这里。

烟 蒂

走在路上，时常有人向我讨纸烟，我总是给的。特别是清晨，店家还没开市，有人向我讨时，我有义不容辞之感。

给人以烟后，必为之点火，他会很高兴，我想，人大多是可爱的，即使是最不良不堪的人，他在向我讨烟这一瞬间，绝不是他最不良不堪的一瞬间，我何乐而不为之点火。

我经历过烟的恐慌期，那时衣食问题同样匮乏得像处于大战的噩梦中，苦闷的心情，借酒消愁则没有酒，粗劣的烟叶也找不到，用茶叶、桑叶、珍珠米的须，都卷起来抽——那时倒反而没有人向我讨烟了，绝望使人明智，大概总是这么回事。

有一次，我坐在公园的长椅上，吸着好不容易凭一己之真才实学弄得来的正宗纸烟，烟篆袅袅，悠然遐想……蓦地觉着有人在对我作飘忽的监视，我注意了——不远处有个颀长白皙的青年，垂目低首隐入树叶中去。虽然我已解围，也就此起身缓步出园，在园门口扔掉烟蒂，忽见有人弓身到地，拾了那烟蒂，凑唇猛吸——是他，那颀长白皙的青年。

虽然我至今仍是吝啬的，而深悔当时更是吝啬得可鄙，我该踩熄这烟蒂，递一支完整的纸烟给他。

可是当时我的实际感觉是，看到自己吸过的烟蒂沾在别人的唇上时，说不出的恶心，使我掉头疾走，倒像是我不看他，便是我的德行了。

这是一个烟蒂，还有几百个烟蒂的场面使我也难忘却。

因为烟草的难觅，便出现了"再生烟"，即是把烟蒂收集起来，进行复制，这必然是良莠不齐的杂种，价值在于其中含有名实相符的正宗烟草，比例再低，也胜于那些十足的赝品假货。因此，"再生烟"的销路是仅次于正宗烟的——街头、路角，每个公共场所，就此出现了多少拾烟蒂的人。初始的拾法是用一个细长的铁夹，俯身挟住目的物，再用手攞来，放入盛器。改良后的拾法是一根细竹竿，相当长，前端扎定一枚针，刺取烟蒂，百发百中，不必动辄鞠躬，轻巧得使人叹佩这些小智小慧的可悲可爱。

那是夏日的清晨，我经过一个广场，夜间有马戏团在此演出，吊架还竖在场中央。地上布满了观众扔下的许许多多烟蒂。平时不会看到这么多的烟蒂散落在一个大面积上，所以在熹微的晨光中，如梦似真，形成了别致的景观……一个老头儿，一个小孩从雾气中走来，是乘早来拾烟蒂的。我忽然觉得他们颇有见地，常人是贪图黎明前的凉爽，能多睡一刻就多睡一刻，这一老一小必定是夜间曾来实地勘察过，当时人众，不能下手，马戏散场后则灯火全灭，无法行事，他们想得对，只要起个大早，这千百个烟蒂是稳拿的。平时嫌烟蒂少，拾的人多，比捉蟋蟀还难，当此际，倒成了烟蒂多而人手太少了。

我走近他们，但见一老一小的脸上兴奋之色可掬，似乎要把场上的烟蒂在别人还没来抢拾之前全部由他们搜去。在此关键时刻，我提议先满场扫，扫拢一堆，再带回家去细细拣。老人欣然受计，但不忘对我上下打量一番，判断出我不会有占功分肥的意图，便吩咐小孩，快快去拿竹帚畚箕麻袋来，小孩掉头撒腿就奔。

雾气中传来悠扬的喇叭声。

洒水车，破雾而来……

垃圾车行将驾到，前导挹尘的洒水车例行绕场一周。

小孩扛着竹帚赶至广场边上，站住了。

夜露和晨雾使地面不吸水，千百个烟蒂浮氽着，浸透而胀裂，散成一片焦黄的污水。

悠扬的喇叭声渐远，垃圾车隆隆而来。老人和孩子随着雾气的消散而不见。

广场上的烟蒂们，似乎本来是活的，洒水车来过后，它们都死了。

末班车的乘客

长年的辛苦，使我变得迟钝：处处比人迟一步钝一分，加起来就使我更辛苦——我常是末班车的乘客。

也好，这个大都市从清晨到黄昏，公共车辆都挤满了人。排队候车，车来了，队伍乱得早知如此何必当初，青壮者生龙活虎抢在前头，老弱者忍无可忍之际，稍出怨言，便遭辱骂：

"老不死！"

最深入浅出的反唇相讥是：

"你还活不到我这把年纪呢！"

我不死而愈来愈老，成了末班车的乘客，倒也免于此种天理昭彰的混战了。

末班车乘客自然不多，我家远在终点站，大有闲情看看别的乘客的脸。或其他什么的，借以解闷。几年来，称得上"阅人多矣"，也无什么心得，只记住了两件事——不能说是事，是常人叫做、叫做什么"印象"的那种东西。

曾有好几年，这都市食物匮乏得比大战时期还恐慌。主食米面在定量限制下，人与人之间再仁慈悌爱，要匀也匀不过来。糕饼糖果高价再高价，却还要凭证券才买得到。回想起来，那几年的人的脸色，确是菜色，而且是盘中无菜，面有菜色，青菜是极难买到的。好在大家差不多，你看我，等于我看你，除非是由苍白而干黄，转现青灰，进呈浮肿，算是不寻常了。也都不加慰问劝告，实在想不出营养滋补的法子来。都说日有所思夜有所梦，我在梦中也没有饱餐过一顿。

某夜，末班车座中有一老人带着个小女孩靠窗说着话，没听几句便知是外公和外孙女。那外公掏了一会衣袋——一颗彩纸包着的糖出现了，拿糖的手高高举起，小女孩边叫边攀外公的瘦臂，把我也逗笑了，这年头，一颗糖得来真正不易，值得使孩子在尝味之前先开心一阵——那瘦臂垂落了，女孩抢糖，被另一只瘦臂用力挡开，女孩乖乖地站着静等，老人细心剥开彩纸，一颗浑圆黄亮的水果糖倏然进入老人的嘴，女孩尖叫了一声，老人很镇定地抿紧干瘪的双唇，把包糖的彩纸放在腿上抚平，再以拇指食指夹起，在女孩的眼前晃来晃去，女孩像捉蝴蝶似的好容易到了手，凑近鼻孔，闻了又闻。

我把视线转向车窗外，路灯的杆子，一根一根闪过去。

还有，另一个印象更平淡：

末班车常会遇上剧院的夜戏散场，冷清的车厢突然人丁兴旺，而且照例是带着戏的余绪，说好说坏，热闹非凡。我坐在最后的一排位置上，某青年挤在我旁边，嗑着在看戏时没有嗑完的瓜子。那些乘客的家都不会离剧场太远，所以站站都有人下车。嗑瓜子的青年瞥见中间双人座有一空位，便离我而去。又过几站，靠窗的单人座上的乘客下车了，青年便轻巧转身过去占了，凭窗眺望夜景，瓜子壳不停地吐出窗外——中座比后排少受颠顿，窗口单人座更凉爽……少顷，坐在司机旁的位子上乘客起身挨出，那青年一刹那就扑过去坐定了——这个位子白天是不准坐的，是为教练试车而备，软垫特别厚，而且可以直视前方……下一个站，嗑瓜子的青年不见了。

他当然是经常乘车的，他在扑向那个座位时当然知道不出两分钟就要下车的——何必如此欣然一跃而占领呢。

我已是迟钝得只配坐末车的人了，却还在心中东问西问。

我笑了，还有别的"印象"，比那外公的嘴里的水果糖，比那嗑瓜子的青年胯下的软垫子，更加不可思议的东西，我也见过不少。

譬如说——不必啰嗦了。

7 克

夏日高楼，泛览佛家典籍。窗外市声浩浩沸鸣，如能作为特大的松涛来消受，那么幢幢高楼，算是耸立在松涛中的摩天浮屠了。百级浮屠，《洛阳伽蓝记》所不及记。

这无非是一种测验：现代人的"心远地自偏"能偏到多少度。

与别家比，释家卷帙独多，充满哲理、文采、逻辑、心理分析。年深月久，人们竟会把心思注集在禅宗上，是什么道理？道理很多，其中有一个道理是，支那文人和扶桑文人像翻食谱那样地挑选了合乎口味的禅宗。

禅宗是个人主义的极致。

西方个人主义大成者 A. 纪德，不知他最晚的晚年止于何种至善，我只读到"使老得行将就木的我不致绝望地死去"，那是他收到了一个非洲青年给他的信后，追抚前尘，思念马拉美，证悟这个世界将被少数人所拯救，写了这篇遗嘱性的宏文。我想，禅宗的个人主义的极致，这个消失点是纪德那样的人所不取的。

然而黄龙派的"道远乎哉，触事而真，圣远乎哉，体之即神"颇有"地粮"味。简言之的"触目而真"巧契"地粮"之旨。

纪德说：别以"地粮"囿我——那也是的。

说空，禅宗之能事。

空本无说，能说得空而又空，便是禅宗主。

庄严与滑稽隔一层纸，对这层纸，我有兴趣。每当四顾无人，忍不住伸手抽去这层纸。如若将来神明课我此罪，我有所辩：我是在四顾无人时才抽的啊。

是故对于"禅""禅那""禅宗"乃至"禅意"，我只能是个不语的旁观者。

有时候，体健心轻，我挨近了点，似乎俨然是个首席旁观者了——这是错觉，我哪里配得上。

人能凭一念之灵光而存活几十年？

心是个不平常的东西，朝朝暮暮持平常心？生是一大连串无可奈何的自我烦恼，实难认同禅宗大师们一天到晚都是头顶圆光不灭，那图画上的是用两脚规一转而成的哪。

"时时勤拂拭，莫使惹尘埃"倒是老实话，"本来无一物，何处着尘埃"却是俏皮话而已——这桩公案竟会一直受称颂。

"空"不觉，觉之"空"是虚伪的。

"无我"是我说的，主"无我"之我是第一性，"无我"之说已是第二性了。

禅宗与其他哲学一样是"矫情"，是"执拗"，是与生命憋气。

生命的智慧度，按自然规律应是到灵长类为止，人类是逾度了。智慧与生命的不平衡现象有详细记录可查——参见世界上古史、中古史、近代史。人类的一切纷扰（包括波及其他生灵的灾祸）都根源于这个致命的不平衡。善和恶，都是过分的宠狠，善亦别有用意，恶亦别有用心。衣食住行，专重奢侈的细节，威福交作，忘其实在需要之所以。人类的爱、欲，不是一部分人变态，而是全部，整个儿失了常（这可以痛写一册厚书），请看动物界，哪有拿爱欲当作事业、资本、凶器、诱饵、收藏品、间谍工具。诗人的爱，也不良，说这些玫瑰夜莺干什么。

李聃先生无疑是看到了这个致命点，他只限于劝人回到自然去，虽高龄，还不及说透，骑着青牛出关，明明是自杀。头脑里有如此高妙的辩证法，却因没福无疾而终，不得不长时期与愚氓为伍，他当然是不耐烦了，说也白说，自己就是个想回到自然而回不了的老人。

后来的一批炼丹家，后来挂在壁上的太上老君，后来翩然出入宰相家的方士羽客，概与李聃无涉。

还是几个注释李聃著作的人，像人。

海洋好，森林好，深山、野地、湖泊都好，露天动物园也不错，人类社会，是伊卡洛斯的爸爸造的迷楼，进去容易出来难。

没有一种水果甜得不能上口不能下咽，然而我在中国在美国都吃到过甜得入喉刺痒落胃酸痛的食品。而且目睹某个中年男子，在一杯咖啡中放下六块方糖，若无其事地喝光了。

中国有个和尚叫苏曼殊，曾以诗、文、画蜚声大江南北，盛称曼殊上人，曼殊大师，他没有如期涅槃，是贪嗜冰淇淋，连吃连吃，就此吃死了。

我和泰奥尔·戈蒂耶一样认为基督并没有为我而来过世界。但他是来过的，而且说话，许多当作诗句来读是十分够味的话中不是有一句：

"野地里的百合花，它们也不纺织……"却穿得很华美么。

如此——释家、道家、基督家都明白智慧与生命的不平衡是世界苦难之由来。他们着重思考生命这一边，那么多的年代过去了，而今是否可以着眼关照智慧那一边呢。

设生命为1克，智慧为3克，就不平衡。智慧是魔幻的，当人类有了10克智慧时，它会自动吸收为1克。例如有两个意大利人：米开朗基罗，达芬奇；两个俄罗斯人：托尔斯泰，陀思妥耶夫斯基。四人可谓信心虔诚矣，奇怪的是到头来都是无神论者做弥撒，不公开地否认了教会否认了上帝（依据什么来作此判断？请在他们的艺术作品中找，仔细找就找到了）。可见生命有生命的律令，智慧有智慧的律令，从无知到信仰，从虔诚到憬悟，智慧的历程是这样的历程——4克5克6克7克8克9克卒达10克，划掉0，生命与智慧得到了新的平衡。

如蒙悉达多先生、李聃先生、耶稣先生相顾一笑，颔首认同，那么剩下来的事是如何去求得这"7克"

了——十六世纪蒙田正声回答,十七世纪帕斯卡细声回答,十八世纪康德闷声回答,十九纪尼采厉声回答,二十世纪维特根斯坦曼声回答,他说着说着,又拉扯到禅宗上去……不是我们低能,而是大家都在这"致命的3克"中憋坏了,先得透口气,抽支烟……

楼下卖冰食的街车在奏乐,故作银铃声,以示清亮,以广招徕。

我要的是比一只蛋卷冰淇淋轻得多的"7克"。

街头三女人

　　据说第二次大战后，像纽约这样的都市，根本不见沿路设摊或推车叫卖的人。近几年却到处有撑起篷伞卖三明治、热狗的，有摆摊子卖 T 恤、裙、裤、腰带的，更有卖陶瓶、瓷盘、耳朵上脖子上的装饰品、现榨的橘子汁、当场刻的木雕、手绘的衬衫。花生米、榛子、腰果、核桃仁，都上了人行道。密切应时的是晴天卖草帽，雨大卖伞——社会经济不景气？

　　是这样。都市街景情趣盎然？是这样。我常注意这些人的脸，与我所思相符，都是良善的——只是觉得这些都是耶稣同情而上帝却不理睬的人，耶稣说富人要进天国，比骆驼穿针孔还难。上帝说穷人要进天国，比两匹骆驼并排穿针孔还难。上帝是在富人这一边的，否则富人怎能富起来———凡是经上没有的话，我们可以补上去。

此外，还有比小商贩更淡泊的谋生者：

一个青春已去的女人，常在较宽阔的人行道上伏地作粉笔画，地面本有着等边六角形的凹纹，她利用这些蜂房格，画出人脸、花朵，伴以多种图案。一个小时画了一大片。因为色彩和形象十分夺目，使人只见地画不见作地画的人。几次后我才看清楚是一个瘦小、灰黯、弓背蓬头的女人——我常会不知不觉想起什么现成话来，福楼拜说："显示艺术，隐藏艺术家。"心中不禁暗笑，又责备自己太淘气太刻薄，便掏出几个硬币，俯身轻放在地上，不期然看见了她的脸，满脸的汗，苍黄、疲茶，她真脏，没有心情洗脸（洗脸也要有好心情），既然目光相接，我该说句话：

"你画得很美丽。"

"我可以画得更好。"她说。

"我相信。"我想走了。

"为什么别人不和我说话？"她撩起额上的乱发。

"因为画就是画家的话，大家看见了，就是听见了。"

"不不，话多着呢！"

"以后，慢慢说。"

"你愿意听吗？"

"对不起，我要去办点事。"

我看手表，我是个伪君子，想脱身，像当年的欧根·奥涅金。

再经过那里时，地画已被踩模糊了。她总会来重画，而且每次不完全同样。

早晨走在近哥伦比亚大学的百老汇大街上，女人的嗓音在背后响起：

"日本先生，日本先生。"

我不是日本人，不必回头。女人紧步上来轻触我的手肘，她是黑种，有点胖，二十来岁。

"请原谅，你是日本人吗？"

我还不及否认，她快速地说了一大连串，满脸憨厚而愁苦的表情，我只听出什么布鲁克林、托根……旁边出现了一个白种青年，善意地恳切地代她说明：她要回布鲁克林，没钱坐地下车，请求帮助。我掏了三只两角五分的硬币递给她，白种青年似乎很高兴他的代言成功，轻快地走了。黑女郎谢了又谢，转过身去，她还牵着一条大狗。往布鲁克林？下城方向的地铁站该朝前走，她不认路吗？该告诉她——她牵着大狗走向报摊，买了一包烟，点火抽起来。

　　我回身快步走，怕她发现我，我不是那种有意窥人隐私的人。

　　大都会博物馆的高高宽宽的台阶上，总是坐满五彩缤纷的男女，因为下面人行道上有小丑或魔术师或踢踏舞男的表演，鼓掌，喝彩，"谢幕"，当然还有以硬币纸币代替鲜花奉献给表演艺术家的那么一回事。

　　从博物馆受洗礼出来，纯正的艺术使人头昏脑涨，精神营养过良症，弄不清自己是属于伟大的一类还是属于渺小的一类——台阶上的明朗欢乐，倒一下子使我重回人间，冲散了心中被永恒的艺术催眠后的郁结。

行过喷泉，便是幽静的林荫道，绿叶如云，卖水晶项链的货车，新旧画册的书摊，更多的是出售小幅画的艺术家，雕像似的站在那里静候顾客——所有这些，都很少有人买。

春天的一个下午，有朋友约我去看"梵蒂冈艺术藏品展览"，像要去晋见教皇似的，我竟用心打扮了一番，对镜自评，那副"漂亮朋友"的模样实在讨厌，再更装又多麻烦，就此"以辞害意"地出门上街了。

门票上规定三点整才好入场，我早来了半小时，就放慢脚步，浏览书摊，发现一些小小的水彩画，趣味近似保罗·克利，抬头看那倚树兀立的摊主，是个眉清目秀的女士，长发垂肩，肩上披块灰色的大方巾，待久了自然感到冷，她把大巾裹紧身躯，两臂在胸前打了个结。

我应该看，不说话，然而又是目光相接，不说一句话似乎欠礼貌：

"保罗·克利!"

"不，我，是我画的。"

"我知道，你的画使我想起克利。"我以为说得很委婉，又加一句：

"你画得真好。"

"谢谢你！"她的脸解冻似的呈现活气和笑容。

接下去该我选购画了，可是我本来不存心要买，为了这两句对话就要买了么……朋友喊着我的名字走过来了，她是我同学，平时都是衣着极随便的，今天也忽发奇想，穿得华丽妖艳，活泼泼地拉了我就走，去帮她选一副水晶耳环，我忘了向那女画家说声再见。

博物馆中的三小时，我是个透明体，里面全是艺术。回家的路上，神魂还不定……树林阴翳，行人稀少。记起一件事——刚才那路边设摊的女画家，也许以为我是正要买她的作品，被一个不比她美而比她华丽的女人打消了，把买画的钱买了耳环——其实不是那么一回事。

我和那同学的偶然的盛装，本也不足道，偏偏与那女画家的寒素形成了对比，倒像是我们是幸福者，她是不幸者，我感到歉疚，又感到冤屈——女画家、同学、我，是在同一个世界中，不是在两个世界中。

买不买画，不要紧，而我一定使她薄明的心先是比平时亮了一度，接着又比平时暗了一度——何以测知她的感受？因为我年龄比她大，这种一亮一暗已不知来过多少回了。当然都是无关紧要的，却又何必由我来使人亮使人暗呢。

第一个女人有点傻。

第二个女人有点坏。

第三个女人有点点可怜。

我是个有点点傻有点点坏有点点可怜的男人。

马拉格计划

木制百叶长窗，外面阳台，窗和栏杆一仍其旧，新漆受不了，秧苗蓓蕾的鲜嫩，那并非新，整个自然是旧的——重来山城马拉格，就这点意思。

西班牙习惯二层算一楼，我在三层，算二楼，位据 T 形街的交道口，两面有长窗和阳台，按说可得两种景观，其实相对者都是楼房，无非栏杆阳台长窗布幔，也有竹帘，下幅斜出来搭在栏杆上，显得有点放肆。街，应称之为巷，容一辆车通行，这厢的猫跳到那厢去，我忍受享受此种古风的局隘，只是不宜倚栏过久，一个阳台一家隐私，夏季。

上午十时，以每日三十美元租定，便取过钥匙出门，夜晚携行李回来，一开房门，觉得里面满满的人声喧哗，音乐轰鸣，摩托车咆哮疾驰，这街角有多少电脑游戏，上午冷清，我钟情于百叶长窗，忘了勘察环境。朝南下瞰是啤酒店，西阳台对街四家餐馆，午夜十二时打烊，门关了，电视不关，边打扫边看白天斗牛的重播，呼声雷动，致命的是牛，受罪的是我。

垃圾车隆隆驾到是凌晨两点半，餐馆门口一场丰收，在听觉上不能不与之协作始终，清晓，哪个店家嘎嘎拉铁门，冷汗倏然沁湿胸颈，这街口，上午还十九世纪，中午二十世纪，入晚世纪末。

迂回旅馆，上下拉的金属窗了无情趣，白天用灯也悲惨，一项写作计划要在马拉格竟事，山城妙在无人相识，步行去阿尔卡沙尔，十世纪动土，十五世纪竣工，七八代男子接力五百年，别人来时巨堡属于别人，我来，巨堡属于我。

层层石垒平台，小学历史课本上的"空中花园"，城墙的厚度便是人行道，偶置石椅，坐着一妇人，椅长容三位，不欲扰及静态，她凝望海港。

平台的植物，不像课本插图中那样蓊郁，畦畦黄花开得正是时候，个儿小，油亮，也许有异香，畦圃尽头有谁走过——络腮胡，浓黑短发，目光似乎是监视，我感到屈辱，踱回城墙，格外舒泰地走给他看，海港在西偏的阳光下眩亮得迷糊，两三游艇像浮余的瓜皮，阿尔卡沙尔荒废年久，管理人员少，卖门票。不事招徕向导，整个古堡无为而休眠，蜉蝣上下飞舞，夏季将尽，近处蜜蜂的振翅是唯一的声音。

行至一拱门，记得内部有不少纪元前的陶器，门边的人就是络腮胡青年，我略示礼色，难免正视了一眼，他的脸平静而强烈。进门后，意识到自己的鉴赏古物并无诚意，便一室一室穿过，那是长廊了。

"爱德华先生！"

我几乎不能用西班牙语，待开口，人懂我的意思，人说的，我差堪明了，四年前流连古堡，爱德华给我的牛肉馅的帕多，他是这里的厨师，帕多是香脆的酥饼，微辣——要么全记得，要么全忘却。

爱德华不以我的出现为异，只问我这次是否从北京来，他没见老，明年离开阿尔卡沙尔，退休与不退休有什么两样？

"没什么，规定的哪！"

爱德华认为我的鬓发白了很多，又认为也该白了。

"规定的哪！"拉起他的手，拍拍手背，还给他。

岩层中已嵌入了某种矿物晶体，水流渗隙缝，久之汰尽了晶体，留存的外轮廓成为空壳，后来火山的熔岩又注进去，该另一种晶体只能以空壳作外形——这种现象，矿物学家定名"伪形"。阿拉伯文化曾被诠释为"历史的伪形"，其后，俄罗斯据说亦有此例，若云现今轮到中国，却又未必，中国近代不满百年，两次出现由隐而显的恶的进程，两种恶，状如消长，实系接代，都先取隐的方式，工夫花在伪善上，伪善得不耐烦，恶便赤裸全显，至此再要回到伪善就回不去。中国的"历史的伪形"，除非是指这一段"伪形的历史"，业已过去，恶愈来愈显，其间有所重温伪善伎俩者，不过是癌症病房中的几下子健身操。

古堡巡礼过半，顶层憩坐，极目冈峦起伏，紫霭渐浓。

斜阳照圆柱，投影甚美，倚柱捧书阅读的又是他，已在微笑致意，我徇顺地站起来，走近去。

这次看清他眸子之蓝，胡须款式楚楚，欧洲人惯说的橄榄肤色。

"什么书？"

他把食指置于页间，闭拢封面，《穆罕默德传》，年轻，一切从伟人传记始。

"信徒？"

"是。"

"阿拉伯人？"

"是。"

马拉格，山麓小城，黄昏时分沿街卖花，茎长挺，顶端花序呈圆形，买了再看，是个风干的刺果，另外摘来的细朵白花插在刺上，密聚如雪球，灯下粉蔼蔼散着清香，后半夜见萎，有时早晨还白、香。那天晚上我没有买雪球花。

按进度，开头还算顺利的小说，明春可如约付出版商。再去阿尔卡沙尔，带点什么给爱德华，给年轻人，他的脸，说穿了就是我践履着的文体，平静而强烈，他的容易，我的难。

来此之前，在北美讲演伊斯兰艺术，待到与清真教徒面对面，我这边先起了陌路之感。"历史的伪形"，而阿拉伯而俄罗斯而中国，可见的只剩伪形的历史，将此伪形摄入一部小说的襞褶里，坦率得讳莫如深，中国的俄罗斯的阿拉伯的年轻人愿意读么——举世飙车，酗酒，玩电脑游戏……唯他的脸使我无奈，使我有为……缓缓下沉的船……甲板上，我写航海日记，也快写完了。

二

辑

大西洋赌城之夜

车经荷兰隧道，登新泽西，一路平原景色，河流蓝，草地绿，颇似中国江南。近大西洋城的高速公路两旁，孟夏草木长，苍翠连绵，更引人遐思，恰如行临故乡了。

进得城来，街道支离狭隘，绕入黯沉沉的停车场，下车舒肢，懒懒走向出口处——好一片鲜亮的海景：辽阔，平静，蔚蓝，白浪滔滔……人站在"花花公子夜总会"华丽的阴影里，心却像鸥一样飞向阳光璀璨亘古如斯的大西洋。一边是非常之人工，一边是非常之自然，望不见的欧罗巴，无疑存在于遥远处。

不论是生长于海滨或惯于航海的人，只要久不近海，猝然重见，无不惊悦于海的伟美庄严。小学生时代我认为北冰洋是白，太平洋是绿，印度洋是红，唯大西洋是蓝。隐隐约约感到凡大西洋浪花拍及的几个国家，都有许许多多好东西（是画报和旅行杂志教唆的）；小孩对好东西的感觉之敏，欲念之贪，真是无孔不入，可惜这份敏感这份贪心都保不住，否则我不能成圣也能成盗，何致如此平凡受折磨——味蕾是萎缩了些，查辞典有赖于眼镜。太平洋上遭过大难享过小艳福。印度洋上充过商贩，在甲板上整天和人掷骰子。北冰洋只从空中俯瞰，冥茫无所得。终于身在大西洋之一角，极目有限的一角，然后在观念上我有所胜，胜于谁？胜于自己的童年——我当年的所谓"好东西"，现在包括了大西洋及其沿岸诸国的历史、故事、神话、童话，加上柏拉图提供的大西洋、容易感动的非圣非盗的平常人——你好，魂牵梦萦如此之久的大西洋，你不知道有我，我可早知道有你。

我是来赌博的。我的赌徒哲学是：可爱的赌博，充其量把钱输光。钱是代表世上两样好东西：门第、权势。然而再输也输不掉用钱换勿到的好东西。超于赌博之外的，比落在赌博之内的，要大得多贵得多。可爱的渺小的赌博。

大西洋城在国际赌界赫赫有名，这里簺场林立，宫邸堂皇，古典、浪漫、摩登、巴洛克、洛可可，不求甚解，自成风调。何必犹豫抉择，亚历山大·普希金说得中肯，"命运到处都是一样"，就只是方式倒要捡那纯出偶然的几种概率。"吃角子老虎"是小孩老妪玩的。"大富翁游戏"公道而下流，令人想起患梅毒的教皇把炙热的栗子撒向红地毯，看裸女们狗一样地乱爬乱抢。我喜欢的是庄家与押客都听命魔王的赌法，赢也活该输也活该。

在两个"活该"交替出现的四小时之后，我走出不胜金碧辉煌之至的厅堂——输个精光。别无遗憾，只为贾宝玉没能和秦钟、琪官儿、柳湘莲，由茗烟开车来此玩玩而感到怅惘。现代人的现代病就在于前不见古人后不见来者，死死呒呒唔嚼"现代"，没有顾盼到凡历史记载的，小说描写的，梦中见过的，明天明天要来的，都同生活中遭遇周旋的一样是真实。前不见古人后不见来者就难免要怆然涕下，前可见古人后可见来者也就破涕为笑，莫逆于心。"历史，"拿破仑说，"不过是一个大家都同意的寓言。"别怪他出言不逊，大家都同意就好；大家就没有同意他一直做法国皇帝。我时时觉得有从历史中来的人物在旁言笑，即之温存的幽灵实在与我无异。人之著书非为稻粱谋，多半是在写信给未来的亲友，曹雪芹致我以长简，烧掉一半还有八十回。我输光了带来的钱，就是失掉了"现在"的一部分好东西，而我始终随身带着的"过去"和"未来"却动也没有动。如果我拿出"我以前有过的钱"和"我将来会有的钱"作为押注，侍从在侧的兔女郎要笑得双耳乱颤。何况我哪里肯挪用或预支公共的"过去"公共的"未来"——我白了兔女郎一眼，就像马一样地奔向海边。

蔚蓝的海洋，洁白的浪涛。虽然我早已是自然之母的断奶之子，久居都市，乍来觐见，草坪、林荫、沙滩、天空、云和风，都透出它们是一直在等着我的意思："你不来，也可以；你来了，那就好。"花和鸟都有姐妹感，石和树有兄弟感，浪花尤其类似我的情人，海和太阳反而像是我梦中的自己。比喻总是比而不喻，只有一句话还说得明：要就不回去，要回去只能回到自然去。

沙滩很繁华，太阳伞、躺椅、浴巾，彩色构成的繁华。在生活用品上显示出来的文明，超越了前几代，就是去年的遮阳大伞，也被今年新制的一批比下去了。去年是绿白相间红白相间，垂边太狭，单薄小气，今年"花花公子夜总会"提供的是纯橘黄色，垂边宽舒，郁丽大方，与海的蓝，浪的白，沙的银灰，人的深褐淡赭，恰到和谐处——一年就聪明了那么多。

中午吃不下，此刻饿了，五点钟要开车，只能将就快餐——啤酒、烤牛肉、牡蛎，又牡蛎、色拉、果冻、咖啡，再咖啡……让大巴士开走，我住旅馆。明天向旅游公司的人说："你们准时开车，很好，我差了半分钟，没赶上。"来回票隔日当然可以起作用。

刚才说输个精光，怎有钱吃喝住旅馆——输光的是左胸袋里的一沓，是真赌徒的钱。右胸袋里的另一沓是假圣徒的钱。真假且不论，赌徒绝不向圣徒借钱，历来如此。

生命的现象是非宇宙性的。生命是宇宙意志的忤逆。释家觉察了这一道理，想把生命的意志归于宇宙的意志。释家的始祖对生命与宇宙的致命对立，有着特殊的敏感（一切苦）。经过缜密的不惮繁琐的考察甄别，获悉此生命的意志确是对宇宙意志的全然叛离——释家用了最柔润又最酷烈的方法来诱绝生命，小乘是一个人的悄然熄灭，大乘是整体人的悄然熄灭，轮回学说的终极是要将过去现在未来三世统统熄灭，范畴之广，用心之彻底，值得现代人深思其何以一至于此。在科学上可用实证来昭彰今是昨非，历指前人的谬误。在哲学上对古代的思想家未可悉数等闲视之。思想杠杆所需的支力点，古代是这么一点，现代仍旧是这么一点（缩在木桶中，躺在席梦思上，就是这个哲学家）。人能小心翼翼登上月球，惚兮恍兮遨游太空，并没有意味着现代人比古代人较为容易触及真理。电脑参禅，速冻涅槃，不知可否。科学家和哲学家住在两幢房子里。

生命是宇宙意志的忤逆，去其忤逆性，生命就不成其为生命。因此要生命徇从宇宙意志，附丽于宇宙意志，那是绝望的。

释家一切繁缛努力，是呈示了一个宏大的志愿。它节外生枝地梦了，幻想成为介乎宇宙意志和生命意志之间的一种佛的意志。但是，上强不过宇宙，下强不过生命，天上天下，唯佛独尊。释家一点没有自觉这悲剧悲在哪里。悲剧又越演越离题三千大千，那恒河沙数的信徒，把佛门看作利息奇高的怪银行，存之以一，取之成兆，口诵佛号，身登极乐世界，再没有更大更简易的便宜事了。比较释家诸宗，禅宗相形之下还知清净，几个大宗师竭力矫情绝俗，横下一条心。彼等之"悟"，是凭本能凭直觉去"参"的，北之渐悟，南之顿悟，都只能达到无言，无动作，再高也高不上去。玄机逼到尽头，往往流于儿戏。悬崖必得撒手，悬崖不撒手，姿态是非常难看的。剃刀边缘怎能起造伽蓝。禅宗五家留下的一桩桩公案，凡有几分诗意才情的偈颂，犹可艺术视之，另一些出于无知的刚愎言行，委实蛮狠得惊人，分明是流于愚而诈了。

这个宇宙并非为人而设造的。人已算得精灵古怪，分出阴与阳，正与负，偶然与必然，相对与绝对，经验与先验，有限与无限，可知与不可知……糟的是凡能分析出来的东西，其原本都是混合着的。混合便是存在。宇宙之为宇宙，似乎不愿意被分析。分析是为了利用，分析的动机是反宇宙的。人的意志的忤逆性还表现在要干预宇宙意志，人显得伟大起来，但是"宇宙是什么意义"这一命题上，人碰了一鼻子宇宙灰。宇宙是个没有谜底的谜，人类硬着脖子乱猜，哲学家是穷思加苦想，宗教家则自造谜底，昭示世人：猜着了，猜着了……三个五个宗教各个杜撰，于是出现三个五个谜底，于是相互攻讦，自己的谜底是唯一的，别家子的都是假货——一个谜哪能有三个五个谜底，无疑是捏造出来诓骗那些笨得既不会猜谜又不会圆谎芸芸众生，一直一直糊涂下去。不知道在这个世界上，先是只有宗教可言没有哲学可言（古代），继之是只有哲学可言没有宗教可言（近代）。那难于承认难于否认的心灵的感应，超感官的知觉，后证无误的征兆，反理性的异象，物质分解到最后的逸失——使人类顾虑到也许另有一种或几种时空观念与我们不同的世界存在着，它们也不即是宇宙意志，也不是佛的意志，也不是其他宗教家所崇奉的神的意志，却是常常先于我们高于强于我们的不以质存在而以能存在的力，不是古今的宗教、哲学、科学所能敷衍解释得了的。既成的尚在的宗教和哲学，将久久作为凄惶惨澹的败笔而留下来，其意义只在于佐证人类的蒙昧时期竟漫长复杂如此——宗教必得抛弃其经典，哲学必得撤销其逻辑，始有望仆而起殭而苏，宗教和哲学一旦抛弃经典撤销逻辑，立刻就手足无措，状如赤身裸体的白痴：那么，除非是不求更生自甘消亡了，如若要振拔，要逾越，这赤身裸体手足无措状如白痴的境界就得让它来，人类智慧的曦光从这白痴的背后亮起，这是理想主义者们不敢向往的事——徒托空言吗？且看中国禅宗五家，无论"北渐""南顿"，都不以经典为指归，甚至不持经典，沩仰宗的慧寂便能将六代祖师的圆相付之一炬，云门宗人又提出"截断众流""一镞破三关"，禅宗开示参学者的语句，以绝无意思者为"活句"，而语中有语者，却是"死句"。禅宗之所以引起全世界智者的瞩目，就在于离经叛道的胆识和魄力，"向上一着，千乘不传"。当然，禅宗并不就是未来的宗教，它是不自觉的先驱者，是对所有引经据典者们的凛然一瞥。哲学家又是如何？也有不自觉的先驱者吗？曾见尼采是敏锐而坦荡的，唯有他才能听了贝多芬的第九交响乐后，毫无虚伪的自尊，由衷说出："使我们哲学家心酸。"哲学家被语言、文字牵绊住了，虽有同等的襟怀，却没能像音乐家那样如意飞升于群星灿烂的九天之上。尼采的感叹预示着未来的哲学家是要脱出牵绊而颉颃翱翔的。除非新世纪迟迟不来，来则必是宗教废置其经典哲学撒开其逻辑的世纪。如果迟迟不来，到最后还是不来，那么总有若干人会做出公允明达之一说："人类命薄，没有来得及造出真正的黄金时代。那过去的妄自称号的几个黄金时代都是表不及里的，经不起一翻的。拿破仑毕竟是天才，他嘲笑得有理，那史载的几个黄金时代是连'寓言'也称不上的。真正的黄金时代不是宗教与哲学的复活节，那是人类智慧的圣诞节……地球再迟十万年冷却，也许就能过上这智慧的圣诞节的黄金时代……"……真是苦恼、焦躁，大雨之后，绵绵小雨，小雨还没停，雷电交作豪雨倾盆而下。我们坐的是夜行车，知道是在经过景色奇美的地带，什么也看不见，玻璃窗上全是雨点，至多是一张自己的模糊的脸，存在主义者萨特就此发了一场脾气，脾气发过之后，大家还是在老地方——我还是坐在大西洋之滨的木制岗亭里，该回"热带"旅馆去睡觉。天色微明，海平线又看见了。

早上的酒吧别有一股沁人的清香，洁净的杯盏一齐映着晨光宛如列队的祈祷者。大裸肩背的女郎气色鲜妍，怎么不下班，是睡过了又来当班的？

"早安。"她很高兴的样子。

"早安。"我嗓子有点沙哑。

"威士忌？"她逗我。

"不，矿泉水，加冰。"日本人教我的养生法，每日晨醒喝大罐阴凉的清水。

"祝您好运！夜来赢了吧？"

"赢——先是输，来您这儿之后，就转赢……几乎到了黄金时代。"

"为您高兴，请常来。"她伸手给我。

"一直站着不累吗？"

"等忽儿就下班，下午再上班。"

"下午几时上班？"吻了她的手背。

"五点。"我要搭上六点钟开的巴士。跨进电梯已是睡意沉沉，找到房号。开门扑向床位……电话铃响。

"请原谅，需要什么时间唤醒您吗？"

"十一点，中午，请按门铃，好吗？谢谢。"

十一点整她是来按门铃，出乎她的意料，我已盥洗穿着完毕，开门就与她下楼往别家餐厅走。她不知我在睡前与睡后会判若两人。

她换了装，纤指梳弄金发，掉下一丝在雪白的桌巾上，以为我会拣来揣在胸袋里——我认为两个人午餐比一个人午餐更像"午餐"些。如果夜间我从沙滩的木亭里出来，剃光头颅，身披袈裟，足登芒鞋，双手合十邀请她来共餐，她肯赏光么？她的制服是：一对丝绒长耳朵，空身领结，空手袖扣，白色毛球尾巴……现在她换了装，算是雌兔化为女人，兔妈妈还是遥控着。兔女郎是有定义的：性象征、西方艺妓，是个好女孩，穿得像个坏女人。万一你要和她合拍张照片，得办理缴费三十美元的手续，即使是最善于下定义的亚里士多德也得如数付款。

午餐很快乐。她是好女孩，父亲是在职的船长，她要用自己赚来的钱去欧洲漫游。十八岁时已获舞蹈学士学位。兔女郎很忙碌，报酬很高，标准很严格。客人面前绝不抽烟、嚼口香糖，上班前兔妈妈检查鞋子、头发、化妆。除了这些，她还有一个信心，将成为玛莎·葛兰姆和艾文·艾利那样的舞蹈家。

"好像你知道似的，我最喜欢吃螃蟹。"她持螯而赞。

"我知道。你到了欧洲，威尼斯那里的螃蟹，用面粉拌好后油炸，连壳都能吃。"

"那太好了。"她有点抱怨盘里螃蟹的硬壳了。

"威尼斯的螃蟹小，中国南方的某个湖里的大螃蟹，压倒全世界一切美味。"

"真的？"

"吃的人都非常小心，怕鲜美得连舌头也咽了下去。"

她笑，并且吐出一点舌尖，表示无恙——我吻了这无恙的舌尖，表示祝福它去威尼斯去中国吃螃蟹，并且跳舞。她很高兴，因而要我同意一个请求，说：

"别再大口喝威士忌，伤肝脏，刺激肾上腺皮质激素的释放，这是同忧愁、悲伤一样害人的！"

我同意一半，如果威尼斯再相逢，就完全同意不再大口喝威士忌，甚至一辈子只喝慕尼黑淡啤。

午后我还是独个子去游泳——嬉水弄波间交了个朋友，汤姆，小汤姆。两个人闹得欢，浪沫入口咸苦不堪。

"那边有什么糖吗？"我指指沙滩上汤姆一家的篷帐。

"有！"他大叫一声，飞去就飞回，塞一块巧克力在我张得像鳄鱼般的嘴里。

"在海水里吃巧克力特别好吃。"这是汤姆的发现。

"到海底里吃巧克力还要好吃。"

"好，去！"他把糖块推进嘴里，做出下海的准备动作。

"等你长到海拔一米八十，再去！"

"要几年？"

"汤姆，我们快要用人造鳃了，像鱼，懂吗？鱼的鳃，我们能无限期地生活在水底。"

"你有人造鳃吗？"

"还没有。那是预聚合物与红血素结合，变成一种泡沫乳胶那样的东西，海水通过时，它能吸收氧气，你、我，就不会闷死了。"

汤姆作深呼吸，抱住我的腰：

"给我，我要人造鳃。"

"还在研究呢，已经成功，明年夏天总可以用了。"

汤姆失望，也安心。拉着我去他的工程基地。

原来的方案是桥头堡。找得一只脱底的水桶，碎成两半，便是海底隧道的拱顶，堆上沙，小汽车这头推下，那头冲出，汤姆认为很成功。于是拆毁，扒出十字交错道，再找只破桶作补充，隆起的沙丘的中心是古堡，堡顶是尖尖的海螺……汤姆邀请一个妈妈两个姐姐来参加通车大典，介绍说：

"这是我的妈妈，这是我的姐姐，她也是姐姐。这是我的朋友，做人造鳃的。"

我只好点头。蛋糕、果派、香蕉和葡萄……引来大群海鸥，吱呀吱呀飞旋争食，头顶、身旁，全是乱糟糟的翅膀，平时总认为海鸥是傲然自得的，看到它们像家禽般地亲昵人，反而觉得不景气——与汤姆握别。我想睡觉。

昨天加昨夜，我做了三种人：输光了也快乐的赌徒；二百米之间的吟游诗人；乞灵于威士忌的思想家。此刻我是一条懒虫，只想睡，醒了，翻个身再睡。人们用"香""甜"来形容睡眠之味，不错，无香之香无甜之甜……大西洋不过是一片水。有个俄罗斯的小孩对契诃夫说："海是很大的。"契诃夫佩服了。我也佩服，兼而佩服契诃夫的小心眼儿、闲工夫。我仰天平躺，动也不动，明知诗的时代从胸脯上滑过去了，童话的时代从大腿间漏失完了，我还是想做各种各样的人，纪德说来深得我心，他说："代人生活。"还可以推敲，是否是"化"，"化人生活"。一辈子只读一本书要叫苦了，一辈子只做一种人却不叫苦？既然更换住宅、家具、领带，更换职业、国籍、妻子，为什么偏忘了更换自己。岂非在逐末，压根儿忘本。普希金写的《上尉的女儿》拍成了电影，比小说还要好。不识字的"大皇帝"终于入了囚笼，押赴刑场，泥泞的路，凄凄惶惶的亿万子民，圣彼得堡教堂金钟齐鸣，朔风狂吹断头台，赤膊捆绑得皮开肉绽的普加乔夫扬声大喊："乡亲们，原谅我吧……"其实不是他的错，马上的普加乔夫和断头台上的普加乔夫已是两种人，他不懂得做，两者都做坏了，惨了。秋天乡间写作的普希金和冬季宫廷陪舞的普希金也是两种人，前一种成功，后一种失败，也惨了。更惨在他不能转入第三种第四种人。倒是陀思妥耶夫斯基：赌徒、囚犯、作家、丈夫、基督徒、无神论者……一直做到世界四大智星之一——风光明媚的夏日大西洋之滨，梦游到风雪交加的涅瓦河边。我该去找淡水，冲掉身上的盐分。浪子回家。

浪子回家，举火奏乐，宰烹牛犊。浪子不回家，千夫所指，无疾而死。世人对付浪子总有办法。不想想还有一种浪子是想家而无家可归——这倒使人愣住了。

不必愣住，到了五点钟，这条晒够了太阳、涤净了身子的懒虫，会爬上大巴士回曼哈顿林肯中心，归程历两小时又半，懒虫会化成什么也未可知。

懒虫在车厢中感到冷气过度，羊毛衫是短袖，用两手互包臂髁骨，天助自助之人。车窗外夕照丽天，云蒸霞蔚。路旁树林阴翳、繁叶密枝构成慑人的幽森，古代人看到的也是这种沁人如醉的美，中有无言之言，大意是：就这样，这样，静默、不动……不再动，静默……不必动、不再动、不动……我惊异于这肃穆的颓废，如若任其催眠，岂非就此不能醒，谁还愿意醒来——听不懂这无言之言的游客们，嬉笑闲谈，旁若无"神"，听到而约略领会的人不禁沉沦瘫痪，自我堕毁。古代的隐士，修行者，也许就是中了自然的魔法，尤其是画家，风景画家，传述了"就这样、这样，不动、不再动，静默"。那些兽类、禽类、鱼类、虫类、贝介类，也受到暮色的催眠，呆在那里，夕阳慢慢沉落……我抖擞一下，这是巧妙的伟大的颓废，惹得尼采如此恼怒的就是瓦格纳的这种性质的颓废，甘美，纯洁，柔肠百转，百转而寸断，使人不成其为人地销蚀靡碎，和光同尘……尼采的敏感来自他非凡的本能，他该有却又没有足够的辩才。谁有呢，谁也难有。用比才的音乐来与瓦格纳对簿，瓦格纳会微笑半晌，说："文不对题。"

　　万家万万家灯火的曼哈顿在望了——继赌徒、诗人、思想家、大懒虫之后，我又做了二小时风景画家。画家最没意思，我还得化个难度大一点的什么人。譬如说，森丘派克路边的马车夫。马车夫的心比叔本华的心更难进入。我坐在公园的长椅上，左边不远是个绅士，右边稍远是个乞丐。我凝视着低头吃燕麦的马，如果我能进入马的心，就有望从而进入马车夫的心。鸽子飞来停在燕麦桶边上，马不在乎，小小鸽友不必计较，自己少吃两口就可以分饱十只鸽子。它们要飞，吃不多。男人带女人小孩上了车，就得拉着他们沿公园走一阵，这不过是花十来元做半小时公爵夫人，或者十八十九世纪风味回忆录——我似乎有点化马的希望了，然而我的旨趣是化马车夫。有一天，看见马车夫买了两袋桃子来喂马，第一颗塞进它嘴里，马嚼了，桃核吐出，我高兴极了，我与马同时感到酸甜的滋味……马车夫继续喂桃子，嚼碎的桃瓤和着桃汁涟涟漏下，马几乎一点也不能吞咽。塞桃子者不灰心，继续塞，嚼桃子者继续嚼，实在不会吞，不会咽，地上一大摊碎瓤和稠液。我发急，忽然放声大笑，马车夫转过头来也对我大笑——这瞬间，我自信能化为马车夫了，至少他和我同样事先是不知道马是不会吃桃子的。我也懂得马的舌头上有与我相似的味蕾，否则它怎会起劲地嚼呢，它配吃桃子，还没学会。它如果会笑，一定和我们这两个马车夫同时大笑不止。

浮士德在阿尔卑斯山谷中醒来，雨过天青，瀑布上环着彩虹，他仰对上苍高吟：

> 你把众生的行列带过我的面前，教我一一认识我的兄弟⋯⋯

那跛足的游吟诗人，那活该输光的赌徒，那酒后失言的哲学家，那奢谈螃蟹的薄情郎，那汤姆的得力助手，那沙滩上的大懒虫，那不甘受催眠的画师，那好心喂桃子的马车夫——都是我平等的、聚散无常的兄弟。

恒河·莲花·姐妹

　　我是东方人。行有余力则借西方人的眼光来反观东方。每每颇饶兴味，于是为西方人不知借东方人的眼光来反观西方而深表遗憾了。

　　拉伯雷的东方观是粗枝大叶的。安徒生对东方有点玩世不恭。哥德就有趣了，他认为中国的每个夜晚都有团圆的明月，清辉溶溶，那纤足的美女站在花朵上，花茎不会断——我忽然非常羡慕中国人，继而忽然想起我就是中国人。

　　海涅向往的倒是印度，认为莲花终年开满恒河，莲花姐妹在月光下等待诗人去同梦；我忽然非常羡慕印度人，继而忽然想到我没有去过印度。

卸了重装，换了白鞋白裤淡青的上衣，提了小箱去恒河探望莲花姐妹。

恒河是有的，莲花是有的，还有别的，更出奇。

印度出奇的穷，穷极无知，穷极无赖，穷极无耻。

八千多万贱民，无耕无居无食无衣无选举权，可算一个阶级，阶级里还有一个阶层——为数五万多的阉人。阉人是什么，是被阉割过了的男人。

穿得不男不女，说话尖声细气，性情自然怪癖了，行为便反复无常。栖身于城乡寺院，竟然还是群居生涯。多道悲观厌世，看破红尘，其实是贫困挣扎，下策的巧取。印度人是懒，而印度是个即使你勤奋一世也解脱不了衣食之忧的国家。

竟然是群居，竟然有组织，竟然推出首领，谁做阉人之王呢，谁唆使阉割入伙的人最多，谁就是王，所以类似诸侯的霸占，各有各的地盘。

一切荒谬，都是以"安那其"形式存在着的吧，殊不知一切荒谬之所以荒谬正在于其本身总有严密的结构，简直体系完备，或以纲常、或以伦理、或以纪律、或以规章……交加、收拢、抽紧、颠扑不破，这便是荒谬事物的生命力之所在，否则荒谬起飞难以持久，难以持久的就算不得什么荒谬。

阉人五万，分族分派分区域。阉人们称首领为"母亲"——"母亲"这个词第一次误用是称地球，第二次误用是称祖国，这是第三次误用了。

阉人们相唤曰"姐妹"，这又错了，阉，就是把兄弟姐妹统统阉去，既不配称兄道弟，也不配呼姐唤妹，可是阉人们却认为从兄弟退而为姐妹是顺理成章，其他非阉的人们也认为恰如其分——因此，可知印度人的头脑到底有没有月光，有没有莲花。

荒谬既是一层层地形成，看荒谬就得一层层地剥。

人，生而有性别，却活活阉了，切勿以为这像西方人"变性"那样摩登风流，印度阉人可不是闹着玩，他们为的是谋职业——卖哭，卖笑。

谁家结婚，便去唱喜曲，奏庆乐，跳欢欣舞。

谁家死人，便去喊丧辞，咏悼歌，带头嚎啕大哭。

谁家婴儿呱呱坠地，阉人早已料知，准时赶来，为之祝福，祝福。

印度人认为婴儿经阉人抱一抱，便必定长命百岁，财运亨通。从不问问阉人当年襁褓时有没有请上一辈的阉人抱过。

世界的可怜还在于

人生的可怜还在于

印度的可怜还在于

阉人的可怜还在于尽管说悲观厌世看破红尘却也和常人一样无法独善其身，一样要靠结帮营私，坚守阵地，过界便吵翻了天。

"你们真是白阉了！"

我这话终于忍住，太伤阉人的心。

居然，他们居然有选举权，（噫，在东方选举权值多少钱一斤，然而没有选举权却令人失魂落魄，这又是西方人的想像力所万万不及的）阉人们居然自视高于贱民，贱民是贱到了没有选举权的。贱民呢，眼看比不上阉人，也就随着贵族们骂阉人："阴阳佬"，"妖物"。下午执行死刑者，狠啐上午执行死刑者："你活该！"

文士相轻，商贾相诈，政客相弹，武夫相扑，女子相妒，世界颇不寂寞，那是因为才、钱、势、力、色，使人不安分，而无才无钱无势无力无色的贱民与阉人也还要见个高低，争个分明。

阉人不敢接近男人女人，独个子又受不了凄苦的蚕蚀，于是挤在一起，挤在一起必会刺痛，叔本华比喻群猬相聚——受伤的阉人走开去哭了，眼泪没有阉掉，流满一脸，形影相吊，不复是职业的号丧之哭了。

我漫游在印度，习惯于咖喱味，不习惯于阉人之哭，虽然一直认为所有的悲哀都是细腻的感情，虽然完全认同孟德斯鸠的金言，"好像人在悲哀之中才是人"，虽然王尔德比我先道出"耶稣是第一个懂得悲哀之美的大诗圣"，无奈新月如钩的午夜，印度石窟间幽幽的阉人之哭，与其说令我忧，不如说令我思，这哀伤太大了，因为这哀伤来自愚昧，这愚昧太大了，因为这愚昧来自无知，这无知太大了，因为这是印度世世代代沉积下来的全面的昏庸，印度败于传统观念，糟于等级制度——要同情一个阉人之哭，就非得解开这三重"太大"，我有多少心力，我同情不起，付不出这么多。

极其恶劣的玩笑：正是这里，诞生佛陀。

玩笑的恶劣意识不难领悟，请看，何只是印度，其他国域也一样，那里产生了智慧仁慈的异人，那里的子民便逞愚肆虐，糟糕透顶。先知哟，救主哟，是你独占了智慧与仁慈，别人就分不到一粒一屑了，你还辛苦劝说，殷勤布道。你不明白么，唯有足具智慧的人才听得懂你在说些什么，也唯有本来仁慈的人才履行你的训诫。所以，先知哟，救主哟，哪里去找这样智慧这样仁慈的人，如果有，就是不听你不近你，也是够了的，这岂不是即等于你么？岂不是说你不来，他来，都是一样的么？岂不是说，他的命运遭遇，会与你相同？

阉人在月光下幽幽地哭，我已回到旅舍的阳台上，喝着冰水；人类确是将娑婆世界摆布得有条有款，每种荒谬都立下无数然然非非可可否否的细则，受其一，便得受其二，认同三，随之认同四，服了五，势必服了六。既中环节，从兹容顺不容逆，智愚贤不肖全体上当——天网恢恢，疏而不漏，本来指的是善的规律，却从古到今说明着恶的规律。一恶一网，疏而不漏，众网叠扣，疏处变密了。

当代印度阉人五万，代代相加该有多少，贱民阉人中定有俊才英物，可是那疏而不漏的人为的一网又一网，网死了优种良苗，网眼渐小渐暗，结而不漏，行将无眼，不必再论疏疏密密。

人的天性的受制，那设制者包藏的祸心之大，之叵测，是远越其个人所需的权势利欲。荒谬之可怕，在于其没有自限性。有自限性的荒谬是可以容忍的，因为这也颇有可观。列夫·托尔斯泰从心底里喜欢一切小小的"不含恶意的愚蠢"，甚至想以"不含恶意的愚蠢"去解救"饱含恶意的愚蠢"，那是他所见有限，后来的"饱含恶意的愚蠢"就完全吞噬了"不含恶意的愚蠢"。我们是从托尔斯泰料想不到的迷梦中醒来的人。一醒，就睡不着了，走来走去……

我在印度走来走去，眼见伟大的历历古迹，耳闻每支歌曲的底层都有泛滥的一汪哀怨，与彼贵胄谈，与彼贱民谈，与彼阉人谈，次次失望，我离开了。

临行，一个阉人病死，我旁观葬礼，他们叫做"立葬"，先将白布缠尸，绑定在木板上，夜半人静，阉氏"姐妹们"穿了白袍，阉主带领，将死者直着送至墓地，直直地放下坑去。当时我不好意思动问，归途中悄悄质之于一个年老的阉姐，他说：

"直着，灵魂能升天。"

我还不满足，招呼一个年轻的阉妹到菩提树荫里：

"你说呢，为什么直着埋葬？"

他眨了眨黑洞般的大眼睛：

"我，我们，死，不屈服！"

印度炎热。

留点清凉的东西在他心里吧，如果我再说一句"不屈服，就别来做阉人"，那就连这一点自傲自慰也会没有了的。

翌日，我离开印度。

但我们开始嘲谑别人时总是先忘掉了自己。卖哭卖笑卖唱卖舞，不一定用眼用嘴用嗓子用身段。任何东西都可以卖，因为任何东西都有买主。谁能不卖，谁能不买。商品社会长长地过来，还要长长地过去。

爱默生家的恶客

由于读书太少，至今尚未见过有人专写"沮丧"的文章。

李清照写了一些，近乎凄凉。她的文字技巧太精致，即使连用仄声，还是戛金戛玉，反而表现不了沉沉奄奄的心态气氛。宋词是种美文学，类似意大利的美声唱法。

安德烈·纪德写过一些，那是慵困颓唐，有心灵的生命在蜕变，作蛹期，年轻诗人必经之路上的一站。没写长也没写深，谅来纪德不存心去写"沮丧"，用了"沮丧"这个词，主意却在别处。

西班牙作家中有几个已经是很忧悒。英国作家中有几个可说是多冥想的。阿左林·司密斯惯于伤感，细嚼寂寞，还不致沮丧。和马拉美一样纯情。是暮色，不是夜色。

大概因为人在沮丧中时，拿不起笔，凝不拢神，百无聊赖，都嫌烦，嫌多余——可见文学作品都是成于"沮丧"还未来到时，或者"沮丧"业已过去时。

其他如音乐、绘画……都没有表现过"沮丧"。试想一个舞蹈家，要舞"沮丧"，呆滞，萎靡，不欲一举手一投足，舞蹈家兀自在台角的暗影里。这怎能形成艺术？舞蹈的极限艺术也不是。

沮丧者不阅读，不言语，不奏乐。"我本来有了听觉，现在却只有耳朵。以前我有了视力，而今却只有眼睛。"[1]——那么，艺术都是"兴奋"，不同程度的兴奋，甚至该说是某一层次的激动，全是精力的戏剧性。所谓恬漠、萧闲、浑然忘机、乘化归尽，仍是各有其内在的兴奋激动，不像评论家好事家所乐道的那么超脱、无为、心如古井、形似槁木。埃及、中国、希腊的古石像，看来安谧和平，那时，每尊都是叮叮当当碎屑纷飞，一斧一凿地造作出来的。所有的艺术，表现了人的"有"。表现人的"无"的艺术是不可知的。

我不能一一征询于世人，然而知道大多数人是可能有过悲哀、愁闷、疲乏、神志涣散这些欲说还休的经验。那是情感、情绪、生理、病理的事。沮丧非是病理生理情绪情感的事。

面前有一百男女，同时愿意回答我的提问，我便问：

"谁曾沮丧过？"

如果一百个回答都是：

"我曾沮丧过。"

有的更说：

"我不只沮丧过一次。"

更有的说：

"我正在沮丧中。"

我能什么呢，我能逐一问清，逐一解释，最后那一百男女都会表示：

"真是的，我经历的不是沮丧，其实我并没有沮丧过。"

如果那一百个都是诚实的人。

在宾夕法尼亚州，有一个瘫痪卧床五十多年的女基督徒。她说：我有时不知不觉趋向沮丧。她说：有一次魔鬼在拍卖市场罗列它用过的工具，其中有一件形状古怪，上贴"非卖品"标识，引得顾客围观，有人忍不住动问了。魔鬼答道：其他的工具我可以割爱，唯独这件不行，它叫"沮丧"，若不借着它，我就无法在人们的灵魂中为所欲为了。

那女基督徒已九十多岁，她说她战胜了魔鬼。她是暗室中的王后，基督是主，是王，是新郎，将来迎娶她——一位待嫁的新娘自然是不沮丧的。夫家门第是那样的有名望，夫婿的人品又是那样的完美。

莎士比亚笔下的众生，只有一个丹麦王子是沮丧者，那是在幕后，在台后。幕前、台前，戏剧要进行，王子忙得很，动作、说白、表情——一个沮丧者是做不到的。

沮丧的名优，拒演《哈姆雷特》。

莎士比亚笔下的沮丧者是在剧本之外，戏台之外。

曹雪芹的笔触也不漏掉"沮丧"，在怡红公子的额上点了一点，然而旋即离题——按汤显祖、曹雪芹他们的观点观念：情心即佛心，道的极致至多成圣，情的极致倒能成佛。下凡历劫这种自圆之说，无限的美丽，只有东方艺术家才想得周全。所以贾宝玉沮丧了半个夜晚，写了几句偈，翌日又若无其事地找姐姐妹妹去了——奈何天，伤怀日，寂寥时，曹侯还能试遣愚衷，意思是百无聊赖之中，笔是拿得起的，神是凝得拢的。曹雪芹和莎士比亚两大天才的晚年，都因失去了最眷爱的人而灰了自己的心。

我所说的"沮丧"，也不是莎士比亚和曹雪芹的晚年的"灰了的心"。

也许旧俄罗斯有"沮丧者"，例如列夫·托尔斯泰——他从小就有这种凡事追根的病，据自供：躺在沙发上，嚼巧克力，读英国小说，便能治好他的沮丧（在年轻时）。或者，清早走到野地里，看草尖上映着朝阳闪烁的露珠，也能治好他的沮丧（在年迈时）。他坦率，他无畏，他有许许多多话就是缄口不说，没有写出来的日记比写出来的日记要多得多。这便是我所知的列夫·托尔斯泰。在伟大的人的面前，我们都好像是受骗者。

也许旧俄罗斯还是有一个沮丧者，诗人莱蒙托夫，或云莱蒙托夫笔下的毕巧林。在舞会中，在驿站上，立着走着，腰杆英挺，俨然贵胄架势，一到无人的角落坐下，驼了背，垂了头——这是"多余的人"中不失为优雅正直的一个，俊杰厌世，括弧里的英雄。

常识上的颓废消沉，无不有缘有故，且是极为实在的缘故所致：事业上的失败，情感上的挫落，信仰上的疑惑，身体的疾病或衰朽，人际关系的受委屈遭排斥……当实在的缘故能解决，有望解决，颓废消沉便成为过去。甚至像那个被黜多年、龙钟蹒跚的教皇，忽闻克日复位的喜报传来，一跃而起，弃杖健步如飞。

沮丧则不然，沮丧无方而来，无理可喻，极难溯及其根源——我不能思考推理，只能胡乱猜测：悉达多在重新就食之前可能沮丧过。耶稣独自彷徨旷野的四十昼夜中可能沮丧过。最后的客西马尼园中，情况紧迫，有一瞬间一瞬间的沮丧，那是忧愁得要死，忧

96

愁得叫出声来的一夜，沮丧急转为惶恐，他不能坍倒，只能站起，连沮丧也来不及了。

那么，以利亚闷闷不乐坐在罗腾树下凝视指甲发呆，大卫是不是忧悒，忧悒到一片黑，摩西也竟陷于自怜，自怜是自爱，弗洛伊德和弗罗姆认为爱和自爱是互不相容的，一方多了些，另一方就少了些——万世共仰的摩西会是这样的人？作成三千句金科玉条，一千零五首绝妙诗歌的所罗门，临了却说："都是虚空，都是捕风……"日光、月光、灯光，任何光下都无新事。

古先知们大抵如此，中世和现代的先知就反而不明其性相了。中世和现代的先知更强项？刚愎自用？抑是较为麻木？（有麻木的先知的吗？）是否变得善于掩饰，像哥德那样，伟大到适可而止？大家都想知道拿破仑究竟对哥德说了什么悄悄话，哥德始终不肯透露。而拿破仑从埃及法老墓中出来时，神色大变，问他，他也一言不发。这类黠智，令人怅惘，近代的文明偏是由此类黠智交错构成的。

"沮丧"并非无方而来无理可喻，它是位于无数度"知人之明"之后的一度"自知之明"。

　　这样的"自知之明"已是一把剑，在"知人之明"之上反复磨出锋刃的剑。连剑柄也磨出了锋刃。这通体锐利的东西难于执着，却分明在你手中。

　　有着独特的性格、独特的思想、独特的行为的人，一旦"沮丧"，就意味着他看清了这性格这思想这行为究竟处于哪一个交错点上，即是：他毫不假借地直接与历史和世界的经纬度相对，进而他不能不置身于宇宙的整个时间空间的观念里……他失重、他失值，不论他是伪金币真金币，际此一概无用。他失去了那所谓真善美的凭借，他便形销骨立——此缘此故非比宗教哲学之寻常；未知生焉知死，未知死焉知生，两句话都没有说明什么。艺术又是宿命地表现不了人生，因此也慰勉不了人生，所以从来不见有先知们的"沮丧"的记录。

　　人生的真实是艺术所接受不了的，因此我们到了某种时刻，也接受不了艺术。艺术是浮面的，是枉然的兴奋，徒劳的激动。

所谓伟大的性格、伟大的思想、伟大的行为，世界只承认其业绩。旅游者看到的是高高低低的纪念碑，伟大而无纪念碑的人也许更多，因为他们不像哥德、蒙田那样肯屈尊，肯随俗。也不像纪德、萨特那样地乐于比持久，争不朽——荒谬，如果按加缪的说法，荒谬只是起点，不会是终点，也不连同其过程，那还说什么呢。

（一个从来没有沮丧过的人，众先知团团围住他也没用，没有意思。先知们便退开，散得无影无踪——这是图书馆的寓言）现实生活中则全世界都是鸡，都是鸡味、鸡精。我们诞生得太迟，或许是太早，梵乐希就想回到十八十七世纪去，列维·斯特劳斯只求活在十九世纪他也就满足了——现在正巧是一个先知辈出也无济于事的时代，谈不完的卡夫卡，其实他是个"预兆"，二十世纪的不祥之兆，他的作品、人、脸、眉目，都是"预兆"。并没有"卡夫卡"模式，萦心不去的是"卡夫卡现象"。"存在主义"是闷室中的深呼吸，"存在主义"居然能存在，是本世纪的一大侥幸，一大美谈——但愿下一个世纪中人不再说出像梵乐希、列维·斯特劳斯那样的孩子气的伤心话。尤其是列维·斯特劳斯，既然把一部人类文化史分出了"寒社会""热社会"，又何必为那注定非消失不可的世界哀悼个没完没了。

这样的令人沮丧的年代中，唯一的娱乐是"在哲学家的专猎区里偷打几枪[2]，归来途经爱默生家，不免进屋坐坐"。

拥有无数隽语箴言的爱默生劝勉道：

"一个人如果能看穿这世界的矫饰，这个世界就是他的。"

说得真亮，说了古先知们没有说也说不出的话。

不知亚里士多德对"沮丧"有否下过定义，我对"沮丧"的定义宁是这样：

"正当看穿这世界的矫饰而世界因此属于他的时候，他摇头，他回绝了。"

（那位于无数度"知人之明"之后的最末一度"自知之明"就在此时出现）

凡是有纪念碑或雕像的先知、哲士，就在摇头回绝之后又点头接纳这一过程上，显示出他们的性质来——其间有一度便是"沮丧"。如果他摇头之后迟迟不再点头，那么他便是我所说的"沮丧者"（他没有纪念碑、雕像）。

仍用爱默生的话来繁衍：

一个人不能看穿这世界的矫饰，这个世界就不是他的，他不配摇头，更不配摇头之后又点头——他不是先知、哲士，他也从来没有沮丧过。

我问道：

"世界，是人的世界？"

"是的。"爱默生答。

"世界的人和人的世界因此是共存的？"

"无疑是共存的。"

"在最终的意义上，人等于世界，世界等于人？"

"我也这样想这样说了。"爱默生认为这已是常识。

"简言之：人看穿了世界就得到了世界？"

"您重复了我的话！"言下有嫌我啰嗦之意。

"那么，世界等于人，看穿了百般矫饰的世界等于看穿了百般矫饰的人——那被看穿了的百般矫饰的人一样的世界，向您走过来，对您说：我是属于你的。先生，您接受她吗？"

爱默生所创造的千百个警句一齐向他闪闪霎眼……他忍俊不禁，笑道：

"您是卡里尼[3]，您拉我演戏！"

我亦笑道：

"您明知'不论他娶不娶，他都会懊悔的'。"[4]

"是呀，我还节引过苏格拉底这段话呢。"

我按捺不住：

"即使这世界改悔了，去尽矫饰，事情也没有完，还有个离不开的荒谬的母亲。"

"宇宙。"

……

爱默生、蒙田，即使是不幸的苏格拉底，他们的怀疑主义总还是月明星稀、言笑晏晏，哪里会像我这样风雨交加、张皇失态呢。

幸而最简单最笨重的逻辑还有用处，好像我是活在石器时代木器时代，玩玩这种石制逻辑木制逻辑，过了一天又一天。

附注

1 梭罗（Thoreau）原诗："我本来只有耳朵，现在却有了听觉；以前只有眼睛，现在却有了视力。"

2 列维—斯特劳斯（Claude Levi-Strauss）。

3 卡里尼：意大利著名喜剧演员。

4 有人问苏格拉底，他是否应当娶妻，苏格拉底回答：不论他娶不娶，他都会懊恼的。

三

辑

韦思明

回望已不见九江，再下去是皖口了。

李涉晚食既毕，想出舱看看暮色景象，却听得雨打篷顶的沙沙繁响，也就提壶自斟，耐住这无人应答的寂寥。

一壶将尽，雨声住了，虽然天光已晦，他还是站上船头，舒气远眺，这条水路他是熟识的，那竹林后面的村落俗称井石砂，李涉扬声询之船艄的老大，证实他的记忆不错。此番坐的是自雇的单桅帆，业主系同族远亲，饭菜适口，坐卧晏如，很想兜搭几句家常便谈，一时也揣掇不出什么渔樵闲话来，却见两岸芦苇丛里驶出一条小艇，四人四桨，直对帆船而来……

李涉懊悔了，九江的父老是说近来皖地不靖，水路忌夜行，赶程至此不啻自投罗网，虽未带多少财物，就怕贼子恼火，胡乱行凶。

艇子一桨一桨地逼近来，清亮的嗓音随之滑过水面：

"船家听了，请问船中何人？"

李涉一时心乱，不知该不该自报姓名，只听得船主高声叫道：

"船中李博士，李涉博士专船也。"

那艇上弃桨端立者依稀是个少年，见他拱手道：

"若是李博士，不敢无礼，久闻诗名，愿题一篇足矣。"

李涉想笑，转身落舱，旋即研磨提笔，略一凝神，写道：

　　暮雨潇潇江上树

　　绿林豪客夜知闻

他时不用逃名姓

世上如今半是君

　　李涉将诗笺装入信封，付船家递去，隐约见那豪首高抬两手来接，并拱了几拱以为仪礼——李涉探首窗口，见此状也不由得举臂作揖。

　　诗呢，自以为写得还可以，疾言刺世，直可写成"世上如今全是君"哩，而少年豪首如此，盗亦有道见之于今日矣。

　　船主沏了一壶好茶，进舱来给李博士压惊，李涉大喝一口，连声称谢，问：

　　"人罹灾难，奇渴，何以故？"

　　"我亦复如此，不明何故也。"

　　大约过了六十年光景，李彙征出游闽越，至循州。日暮经一村庄，欲投宿而不得其所，俄见绿杨深处，青瓦粉墙，缚柴编竹，次第井然，叩之，主人自出应对，称韦思明，年逾八十，精神矍铄，与论诗，透辟淋漓，诚不薄今人爱古人者也，是夕，春韭黄粱，俱

109

如故事，杯盏间评点本朝诗家，及李涉，韦丈愀然变色，倾言弱龄浪迹江湖，结交歹强，为不平事亡命而竟不死，幸遇李涉博士于江上，得赠一诗，从此革面洗心，以义谋利，守拙田园，得终天年，此皆拜李博士之所赐也。

大宋母仪

　　孝宗乾道年间，开封府尹曹瞻，聪察廉明，吏事果断，天性纯孝，生平最恶忤逆子。此日升堂，人犯带到，见是个怯生生的男童，年可十五六，秀姿文弱——心里起了疑惑，拍响惊堂木，问道：

　　"你娘告你不孝，是何理说？"

　　"小的年幼无知，也读过几行书，岂敢不孝父母，只是生来苦命，亡了父亲，又失母欢，就是小的罪大，凭老爷打死，以安母亲，别无他说。"

　　那男童姓章名达仁，口齿清朗，双目直视，说罢泪如雨下。

府尹恻然以思，小小年纪会说这番话的，怎如忤逆败类，除非是十分伶俐刁滑，眼神却又不像——便传原告杨氏。

杨氏青服缁裙，稳稳走上堂来，自揭头上玄帕，发髻严净，低头垂手站定。

"你儿子怎生不孝？"

"小妇人丈夫亡故，他日日价就自做自主，半点不由管束，小妇人稍加训说，他便胡言乱骂，本道孩子家，不与他一般见识，哪知越发猖狂，只得请官法处治。"

府尹问达仁：

"你娘如此说你，你有何分辩？"

"小的怎敢与母亲辩，母亲说的就是了。"

"莫非你娘有甚偏私？"

"我娘向来慈爱，并无半点偏私。"

府尹唤起达仁，命近案前，抑声相语：

"你可直说，我与你做主。"

达仁叩头：

"实在别无缘故，总归小的不是。"

"既如此，我就要责罚了。"

"小的该责。"

至此府尹曹瞻疑惑愈深，故意喝声：

"打着。"

当下拖翻，施了十竹算，之间杨氏面上全无不忍之色，反跪下来高喊：

"求老爷一气打死！"

府尹问：

"此是你夫前妻之子？妾出之子？"

"是小妇人亲生的。"

府尹转问达仁：

"这敢不是你亲娘？"

达仁哽咽道：

"是小的生身之母。"

"如何这等恨你？"

"连小的也不晓得，只求依着母亲，打死小的罢。"

"果然不孝，不怕你不死。"

杨氏见府尹说得严厉，连连叩拜：

"只求老爷决绝，小妇人也得干净了！"

"你还有别的儿子？或是过继的？"

"并无别个。"

"既然只此一子，我戒诲他改过自新，留他性命，养你后半世也是好的。"

"小妇人情愿自过日子，不情愿有此逆畜！"

"人死不能复生，你可悔之莫及？"

"小妇人不悔！"

府尹起身，摆袖道：

"杨氏听着，明日买一棺木来，当堂领尸！"

杨氏淑贞，幼失怙恃，十五岁嫁与河南开封府章姓，家道从容，夫妇恩爱，期年生子取名达仁，十二岁上，乃父病瘵，参药罔效，弥留之日，杨氏悉心服侍，通宵无寐，既逝，悲摧绝粒，痛不欲生，上无公姑，下无族党，只能节哀强立，主持门户。所幸达仁秉性颖慧，分忧分劳，相依为命，夜来一烛荧然，书声琅琅，为娘的心只往儿子前程想。眼看百日将近，思量做些斋醮功果，多多超度亡魂。

本地有个紫云观，乃道流修真之所，知观的道士

114

梁妙修，是日正在窗下书写文疏，见一年少妇人，挈着孩童进观来，不觉已到面前欠身作礼，梁知观搁笔离座答揖：

"何方宝眷，甚事相投？"

"小妾章门杨氏，因是丈夫新亡，欲求渡拔，故携亲儿前来，母子虔心，特求法师广施道德，利济冥途。"

知观略一凝神，便道：

"既是贤夫新亡求荐，家中必有孝堂，此须在孝堂内设箓行持，方有专功实际，若只在观中大概附醮，未必十分得益，凭娘子心下如何？"

"若得法师降临寒舍，乃万千之幸，小妾母子感激不尽，只待回家收拾停当，专等法师则个。"

"几时可到宅上？"

"再过八日，就是亡夫百日之期，意要设建七日道场，须得明日起头，恰好至期为满，如蒙法师侵早下降便好。"

"明晨准造宅上，必不失时。"

杨氏取出银子一两，先奉作纸札之费。

次日清晓，梁知观领了两个道童，另有火工道人肩挑经箱卷轴之类，一径择近路往章家来。

杨氏只为儿子幼稚，内外都自作主持，与知观拜见了，接入孝堂。

知观与道童火工动手张挂三清众灵，铺饰齐整，便鸣动法器，宣扬大概，启请、摄召、放赦、招魂，顺序做折了一回。

杨氏出来，上香礼圣，梁知观领道童诵经既毕，手执意旨，命杨氏并同跪着通诚，相距半尺许，道袍异香扑鼻如薰，杨氏耳中只闻宣白抑扬有致，甚是精神好听……俄而声歇，梦醒般直起身来，转到各神将的座下插香稽首，带眼流览道场光景，但觉金红耀眩一片，两个道童乌发披肩，头戴小冠，脸子新鲜，心想这些出家人倒是与凡俗的不一样。

杨氏退身转入孝帏内，兀自向外凝眸。

看看上了灯，吃过了晚斋，丫鬟已收拾好一间洁净廊房，与师徒三人安息，梁妙修打发火工道人回观，自与两个道童一床宿了。

天明，外边声响，杨氏叫丫鬟舀汤提水出去服侍，两个道童倚着年小，进孝堂来讨东索西，缠夹得熟份起来，杨氏叫住一个：

"你是甚名字？"

"小道太清。"

"那位大些的呢？"

"他名太素。"

"你俩昨夜谁个与师父做一头睡？"

"一头睡便怎么？"

"只怕师父有些不老成！"

"大娘倒会取笑。"

道童嘻嘻地走去，对师父悄声说了。

梁知观过来与杨氏作礼后便道：

"明日斋坛第三日，小道有法术摄召，可致得尊夫亡魂，来与娘子相会，娘子心下如何？"

"若是果真，可知好哩，不晓得法师如何作做？"

"须用白绢搭一条桥在孝堂中，小道至诚摄召，亡魂便可渡桥而来，只宜亲人静守，勿为外人冲犯了。"

"亲人只我与孩儿两个，孩儿尚小，就会他父亲也无紧要，奴家须是要见丈夫一面，在孝堂守着，看法师作做罢。"

杨氏到内房开箱取了白绢两匹，知观也不唤道童，径与杨氏挪动抬桌，架作桥墩，再将白绢来回绷起，外边望来，白漫漫一片不见别的。

梁知观在堂口吩咐道童：

"你二人好生守门，我在内召请亡魂，外人窥探要破法术的，切切小心，不得有误！"

杨氏叫拢儿子丫鬟：

"法师召请亡魂与我相会，你等只在房里安静，不可走动啰唣。"

达仁嚷着要见爹爹。

"我的儿，法师说的，生人多了阳气盛，召请不来，你要看不打紧，万一为此召不来，也就辛苦白费了，且等这番果然召得爹爹来，往后教你相见便是。"

说着催促达仁和丫鬟进房，掩门反锁了，独自踅进孝堂坐着。

知观拴好堂门举起令牌囊囊敲响，口诵至心朝礼玉皇大天尊，俄而渐露笑容，昐着杨氏道：

"请娘子转去靠在魂床上，亡魂就要到了，只有一件，虽召得来，却不过依稀影响，似梦里相见，与娘子恐无大益！"

"但望会面，一诉苦衷，说甚有益无益。"

"夫妻不能尽鱼水之欢，相见岂非枉然！"

杨氏起身道：

"法师如何说到此话？"

"我有本事将亡魂召来附在身上，若有一些勿像尊夫，凭娘子以后不信罢了！"

"好巧言的贼道，倒会脱骗人！"

梁妙修丢开令牌，一步抢前抱定杨氏搂翻魂床上。

"多承娘子不弃，小道粉身难报！"

"我既被你哄了，如今只求相处得长久则个。"

"直须认作亲，你我姑舅兄妹相称，如此两下往来，瞒得众人过。"

"……也有理。"

"娘子贵庚？"

"二十六。"

"小道长一岁，叨认你的哥了。"说着起床端整衣冠，又将令牌敲响，眼看杨氏料理稳妥，知观开门，高声对道童宣申：

"方才亡魂召请来，告知主人娘子原是你师父的表妹，一向都不晓得，倒是阴间灵通，明白说出，我问了主人娘子详细，证见果然的确，而今是至亲了。"

"自然是了，至亲了！"二道童眉开眼笑，直视着杨氏。

杨氏也开启房门叫达仁出来，把道士的话说上一遍，便要儿子认舅舅，达仁满心纳闷，没处遁避，低眉抑声叫了"舅舅"，慢慢踱到大门口，仰望长天，一碧无云。

过了七昼夜，坛事已毕，百日孝满，收拾道场，杨氏从丰酬谢他师徒三众，暗内早经约定相会之期。

达仁仍去学堂读书，早出晚归。午间自有道童来传消息，只等夜深儿子睡着，杨氏开门接进梁道士。丫鬟自是买嘱妥了的。如此年复一年，竟无破绽间阻。

达仁岁数渐长，母亲这些手脚落在他眼里，日益沉默悒郁。某日书房课罢，同伴戏谑，称他小道士，达仁顿时满脸通红，奔返家来，嘎声道：

"有句话对娘说，这个舅舅不要再上门来了，人家叫我做小道士，这笑话儿子担待不得！"

杨氏脸上两点赤晕从耳根透到眉心，起手在儿子额头凿了两个栗爆：

"小孩子不更事，舅舅须是你娘的哥，就往来谁人管得，哪个天杀的对你讲这混账话，等娘寻着塞他一嘴烂污泥！"

"前年未做道场时不曾见说有个舅舅，就算果是舅舅，娘只与他兄妹相处，外人何得有说？"

"好儿子，几口气养得你怎大，你听了外人半句，竟敢嘲拨母亲，要这忤逆的做甚！"

说罢敲台拍凳，嚎啕起来，达仁吃慌，跪下求道：

"儿子不是，娘饶恕则个。"

杨氏见此模样，便止了哭：

"今后再不要听人乱说？"

达仁点头无言，心想我且冷眼张着，直须捉破了，才得杜绝。

夜阑人静，达仁睡过一觉，转侧间似闻呷呀之声，撩帐果见房门开了，起身到娘的床上探手，有被无人，即去将房门掩拢闩好，掇张大凳顶住。

堂中灵位已撤，魂床仍旧，四周添置屏障，围得紧簇，道人一心里边躺着，杨氏蹑来就他，每到天色将明，放出道士，回房假寐——如此习以为常，怎知这夜转来推不开房门，总是儿子作怪，呆坐到天大亮了，达仁出来，失惊道：

"娘如何在房门后坐地？"

"夜里外边脚步响，恐是贼偷，出来看看，你如何把门关了？"

"我也见门忽开，怕有贼偷，又顶得严严的，娘在外边何不叫儿开门，却坐了这一夜，是甚意思？"

杨氏无言，转身自去洗脸梳头。

一宅静悄，但闻檐雀啁啾。

"你年纪长成，与娘同房睡有些不雅相，堂中这张床铺得好好的，今夜起你在堂中安置罢。"

达仁自也应承，日里外出读书，夜眠堂中越加留心察听，忐忑愁苦，凄然泪落，继之实在困乏欲寐，强自睁眼对着暗黑，后边小门忽响，随之闭而落闩，俄顷杨氏的房门也关了，达仁念虑做儿的不好捉母的事，只去炒它个不宁，便赤足潜行，摸取觐索一根，将娘房的门环轻轻扎结，转身溜到庭前，端了桶尿放在窗下，又将半破的粪缸移去傍着尿桶，洗过手脚，进堂倒床便睡。

鸡叫两番，道士披衣欲出，房门再拽也开不得，杨氏惶急，便叫从窗户越走，道士慌忙撩袍跳将下去，右脚踹入尿桶，左脚做不得力，又踩在粪缸里，急抽右脚，尿桶绊倒，一跤跌去，嘴唇磕裂，秽物污了半身，扎煞着起来淋漓逃窜……杨氏在房中听得劈噗之声，天色尚黑，望不见窗下究竟，只闻臭气直冲，兀自疑惑不解。

达仁起来，解了门环的索结，再赶到窗下，不顾邋遢，把粪缸尿桶移回原处，只当无介事。

杨氏恨煞儿子，亟要与道士商量对策，梁妙修养伤不出，几多天过去，太素在窗下打唵哨，杨氏速速开门，拉了他的手进屋便问：

"日里他学堂去，倒不如即请你师父过来定个主意。"

"十分师父不得工夫，小道权且替遭儿也使得！"

"细奴才，你也来调排我，看我对你师父说，还不打你下截。"

"我下截须与大娘下截一般，料师父舍不得打。"

"细奴才讨死。"杨氏举手挥去，却勾住太素的脖子，凑脸做起嘴来。

次日近午，梁道士果然到了，杨氏含笑接进房中：

"如何那夜一去再没音信？"

"你家儿子精明异常，这事总是不成的了。"

"我无尊长拘管，只碍得个小孽畜，不问怎的，结果了他，便得大自在，这几番我也忍不过他的气了！"

"亲生儿子，怎舍得？"

"亲生的，正在乎知疼着热，才算儿子，却如此拗彆搅炒，何如没他倒干净哩。"

"须你自家发得心尽，我们不好撺掇。"

"且耐他一二日，你今夜放心来，就是有些知觉，也顾不得，随他便罢，没本事奈何我。"

这日馆中先生要归家，早早散了学。达仁在路上撞见梁知观，勉强叫声"舅舅"，心想必是去过娘那里的，今夜又有事来。

到家杨氏问道：

"今日归的恁早？"

"先生回去了，我须有好几日不消到馆。"

杨氏闷声道：

"可要些点心吃？"

"正想吃了睡觉去，连日先生加课，积攒得好辛苦，渴睡些个。"

杨氏目色转明，便叫丫鬟快端整点心，看着儿子匆匆食毕，抹嘴哈欠，转入堂中。

达仁和衣躺下，朦胧了一晌，定神睁目，斜靠在床横，直待四里黑静，悄悄起来，只见前门闩着，后边小门虚掩，便轻轻拴了，掇张竹椅，坐到起更时分，那小门有人推了几下，继之弹指两响——达仁逼尖嗓子，对着门缝阴声道：

"今夜来勿得了，回去罢！"

杨氏在房中坐卧不是，见更余了一无动静，便命丫鬟出看，丫鬟摸黑到后门，触着达仁肩颈……

"贼妇，做甚勾当！"

丫鬟尖叫一声，逃回房来颤抖道：

"吓杀我了！"

"法师呢？"

"不见来，倒是小官人在那里！"

"这孽畜一发可恨，如何使此心机。"

杨氏自知理短，呆了半晌，又叫丫鬟去探听，返说小官人已不在，外边上也无影踪。

杨氏嗒然就寝，转辗枕席，二更三更听过，四更后才迷糊睡去。

天明见了达仁，心里忍制，口中不觉发话：

"小孩子家晚间不睡，坐在后门口做甚？"

"又不做甚歹事，坐坐何妨？"

转眼杨氏亡夫忌辰又到，对达仁道：

"你可先将纸钱，去你爹坟上打扫，我备些羹饭，随后抬了轿来。"

达仁暗忖忌辰何必到坟上，且要我先行，又有蹊跷，便应允着一径出门，直望紫云观走。

梁知观惴惴问道：

"贤甥何故至此？"

"家母就来。"

知观疑虑，他母子两个何时做了一路？

稍待果见有小轿停落门外，杨氏出帘，猛抬头见儿子垂手站着：

"娘也来了。"

"你父忌日，故来此向你舅舅要符箓烧化。"

"儿也这般想，忌日上坟无干，不如来央舅舅为好。"

梁知观免不得陪茶备馔，写画了几张黄纸。杨氏一再打发儿子先走，达仁只道随娘轿行为是。

杨氏上轿，吩咐回家，在轿里一程恨一程，主意渐渐定实。

达仁终究年纪小，赶不上轿速，想想不过是家去的路，就松气懈下来。

杨氏在轿中回望，已不见儿子身影，却有一人从斜径窜上前来，乃是太素，便叫到轿边来，耳语道：

"亏你聪明！今夜我自用计遣开小孽畜，你师父必要来定夺一件大事则个。"

"师父受惊多次，不敢进大娘家门了。"

"今夜且不要进门，只在门外抛砖为号，我出来相会说话，再看光景行事，万无一失！"

杨氏丢过眼波，又添道：

"你也来，管你有的！"

太素颠头耸脑重入斜径而去。

是夜杨氏做了几色好菜，叫儿子到自己房中来。

"我的儿，你爹死了，我只看得你这样一个，你何苦凡事与我别扭！"

"专为爹爹不在，娘须立个主意，撑持门面，做儿子的哪有不依从，只为外边人言三语四，儿子实在勿伏气！"

"不瞒儿说，娘当日年纪后生，有了些不老成的，故见得外边造出的话来，今时已三十多了，懊悔前事，只图守着你清净度日便罢。"

"若得娘如此，儿子终身有幸。"

"你若真不怪娘，须满饮这杯！"

达仁接杯在手，沉吟不饮，杨氏取回来一仰而尽，达仁连忙把壶来自斟：

"罚儿三杯罢。"

"我今已自悔了，故与你说过，你若体娘的心，不把从前记恨，就陪娘吃个尽兴！"

达仁心里欢喜，斟了就吃，吃了又斟，天旋地转，丫鬟扶他去房中躺倒，杨氏自语：

"惭愧，也有这日着了我的道儿！"

屋上瓦响，忙叫丫鬟开后门，太素闪身进来：

"师父在前门，叫大娘出去则个。"

杨氏命丫鬟坐守房门，暗中拽了太素往堂前来，太素抱住杨氏做嘴，杨氏展臂紧搂道：

"细奴才，今且勾了前账！"

梁道士在门外苦等久久，正欲退走，却见杨氏开门，气咻咻地道：

"小孽畜吃我灌醉了，你尽管进来，趁此时送掉他！"

道士入门后便叫太素回去，坐下呷过几口热茶，盯着杨氏，摇头叹气：

"使不得，使不得，亲生儿子你怎舍了结他？"

"就我是亲生娘，外人不疑。"

"你我的事，须都有晓得，若摆布了儿子，你不过是故杀子孙，根究到头来，我须偿命去。"

"如此怕事……留着他，不得像心像意。"

"何不讨一房媳妇与他，勿烦你了。"

"越发使不得，娶来的倘不与我连肚肠，反多了个做眼的，宁是趁早除了他，我虽不好嫁出家人，只兄妹往来，谁人禁得，这便可日长岁久了！"

"若必如此，那就该当官做。"

"怎计较？"

"此间开封官府，最重伦常，凡告着忤逆的，不打死也坐长牢，你如今只进一状，告他不孝，好在是亲出的，又不是前妻后娘，自然别无疑端，如此由官家打死最好，不则等他坐了监，再买通饿毙他……实在到底，你若真舍得，立意不要他活，官府无有不依娘的话的！"

"倘若小孽畜极了，豁出事情来……"

"做儿子的怎好执得娘奸，果然扯到话头，你便指他污口横蔑，官府只道他捏词抵辩，更断定是真不孝了，你这决然可以放心。"

"日里我叫他去上父坟，他反到观里来，只这件事便是不孝实迹，可够坐他么？"

"我与衙门人厮熟，你且笼着他莫露声色，等我暗投文书，设法准了状，差人径来拿他时，你才出头折证。"

"如此到底也好了……只是我儿死后，你凡百要像我意才是，倘有些歪斜，岂不枉送了亲生儿子，我还有何靠傍？"

"要如何你才像意？"

"夜夜同睡，不得独宿。"

"观中还有别事，哪得够每夜来得。"

"你没工夫，分个徒弟来就是。"

开封府尹曹瞻退堂后，即唤个明快的便服公人来嘱道：

"那妇人不论走近走远，凡有同她说话者，你看仔细，何等模样甚些言语，详报勿误。"

公人暗暗尾了杨氏而去，行近桥塊，见有道士从顶级快步下来：

"事怎么了？"

"明日领尸！"

"谁个的尸？"

"冤家呀，不是小孽畜又是谁。"

"好了好了，好了……"

"要你替我买具棺材。"

"棺材不打紧，明日我自着人抬到府前来。"

公人回府密报曹府尹，确认紫云观梁妙修无疑。曹瞻听罢，再着公人往章宅街坊密访邻居。

次日升堂，杨氏紧步进来禀道：

"昨承爷爷吩咐，棺木已备，小妇人来领不孝子尸骨。"

府尹道：

"你儿子昨夜打死了。"

杨氏伏地叩头：

"多谢爷爷做主！"

府尹喝道：

"快抬棺木进来！"

公人提铐出堂，只见梁道士正在那里指手画脚点拨扛棺，便快步近去一把擒住，扭手落铐，再给他看府尹朱批的笔帖，推推搡搡押上堂来。

"梁妙修，你是道士，何故与人买棺木，又替雇工扛抬？"

"那妇人是小道的姑舅兄妹，央浼小道，所以权且帮衬。"

"亏你是舅舅，好帮衬杀外甥！"

"此是她家事，与小道无干。"

"既是亲戚，她告状时你却不事调停，取棺木时你就出力有余——来哪，取夹棍来！"

道士在夹棍的三收三放下，一一从头招了，紫云观知观梁妙修因奸唆杀是实，府尹收讫亲笔书供，随叫放出在监的章达仁。

达仁出牢，经过庭前，触目一具新棺木停在廊檐下，心想终不成今日当真要打死我，战兢兢急忙上堂跪下。

"章达仁，你可认得紫云观道士梁妙修？"

"不认得。"

"是你仇人，怎得不知？"

达仁侧目看去，只见梁道士歪倒堂角呻吟，刹那间不明就里，只得叩头道：

"爷爷神见，小的不敢说。"

府尹向跪在一旁的杨氏道：

"姓杨的妇人听着，还你一个有尸骨的棺材！"

杨氏心想是则仍要做打儿子？

"把梁妙修拖翻，加力行杖！"

霎时皮开肉绽，看看气绝，呼集几个禁子，将来投入棺中，加盖大钉敲了。

"杨氏曲护妖道，忍杀亲子，有何脸面活现世，拿下去，着实打！"

皂隶似鹰抓雀，把杨氏向阶下摔去，章达仁跟踉扑过，横伏娘背，连连高喊：

"小的代打小的代打！"

皂隶不好行杖，要将母子拽开，达仁紧吊娘身，大哭不放。

"杨氏听着，本府看在你儿子份上，留你一命，此后且去学好，倘有差错，定不饶你。"

"小妇人该死，负了亲子，今后情愿守着儿子治家度日，再不敢非为了。"

"你儿子是个成器的，吾正待褒扬。"

达仁叩头连连：

"爷爷明鉴，显母之失，彰儿之名，小的至死不敢！"

曹府尹抚须点头，长叹一声，退堂。

不久杨氏病故，达仁含哀将二亲合葬既毕，转眼孝满了，曹府尹有意作媒，顺心娶得一房媳妇，袁氏玉珍，娇好贤惠，唱随甚乐，家风肃然，越明年，生子取名春晖，产后奶水欠足，雇一村妇来补餧。袁氏过门之日，婆婆已死，虽有耳濡，初不详情，那村妇桂香，家住紫云观邻近，日常与女东人闲叙，尽将前案絮絮透出，袁氏听了，只是嘘唏，相叹天网恢恢，做人万不可有苟且亏心事。

此时开封府尹曹瞻政誉日隆，治水有功，连年丰登，朝野称颂，诰命进京刑部议事，临行饯饮，召章达仁，栽培随从入幕，达仁拜谢欢喜不迭，返家与袁氏商量，叮咛了半夜，即速整装待发。

自从丈夫上京，袁氏治家教子，愈加谨勤，孩儿断乳后，桂香料理厨下，丫鬟二名侍候，娇稚宁馨，牙牙学语，日子倒也十分清和，针线之余，主仆所言，无非只等京府佳音传来。

淳熙十三年正月十五，上元之日，北城居民，相约纠众，在街坊宽处，启建黄箓大醮一坛，聚观者男女老少挨山塞海。

袁氏在房中耳闻乐音盈盈沸沸，也思出看，又觉不妥，孩儿吵着抱他去赶热闹，桂香自很脚底痒，连声撺掇，道是百年难得一见的，袁氏心想爱子平时少有娱耍，单由奶娘带出，不如自家一起领着为好，便梳妆更衣，嘱咐丫鬟守候，火烛小心。

如此缓步近向醮坛，灯彩辉煌，香烟缭绕，礼请主坛的乃是紫云观的太素，领班的便是太清，见有女眷光临，唱个肥喏，笑迎过来：

"小娘子请稳便，可到里边看看。"

袁氏正想退却，那孩儿直向旌幡页内扑去，一时挣扎下地，举脚绊在太素的袍角上，摔倒惊哭，道士急忙伛身去揽，袁氏心疼儿子有损，抢前抱起，却连道士的手夹抱在怀里，顿时满脸飞红，慌张出坛，再也无心赏游，命桂香背了春晖，急速返家。

且说紫云观自从梁妙修殁后，就算太素精干出挑，虽嫌年轻，也就推作知观，太清惯是连档，商量着设章醮、建考召，合力敷衍门面事，渐渐老练，香火颇盛。

初时鉴于师父的下场，二人尚知收敛，日子久了，不禁意马心猿起来，每以作法行医为名，弄些不伶不俐的勾当，那桂香，便是与太清相好有日的，是故在袁氏跟前道说杨氏先后，历历如当场目睹。

上元之夜，桂香原是想去会会太清，不料败兴而归。过了几日，桂香借口回家换取春夏衣衫，便自去紫云观与太清偷情。

太素问道：

"你那家娘子姓甚的？"

"姓张姓李，与你何干？"

"问问何妨，将来也好称唤。"

"这位娘子不多说笑，官人在京作事，家中从无男客上门，你别做梦最省心。"

"我祖师能作五里雾，且作五步，也够那娘子受用，你若不信，今日不妨先试试？"

桂香本是痴意太素的，平时没奈何，只得移情于太清，这日却得太素兜搭，竟然偿了夙愿，弄得如醉如狂，允承了回去做手脚。

之后，桂香暗藏着太素授予的粉末，日日价调入糖粥里，殷勤餧饲春晖，不久孩儿面黄腹胀，昼夜啼哭，延医灌药，总无效益，袁氏一筹莫展，暗暗落泪，桂香道：

"城南城北的名医也都请了，倒不如紫云观的知观有仙气，向来专治小儿毛病，若使请得法师来给小官人诊一诊，只怕三日五日也就大痊了。"

袁氏沉吟道：

"你与那知观可熟，能请得到吗？"

"熟也不熟，去求求情，想是可以的，出家人慈悲心，我近村没有不道太素法师好的，年轻齐整，体贴出热，待病家像是自家兄弟姐妹则个。"

一从太素来为春晖诊过，桂香不再在糖粥内施粉末，孩儿日见起色，半月后蹦跳歌唱如常，袁氏心中十分感激，与桂香斟酌如何酬谢知观。

"那太素法师行医，向来不取分文，送去退回来，反使尴尬，倒不如超度公婆做坛醮事，结算时封包重头些，也就完了心愿，只是大官人在外，娘子无多财力请道士专功，要说观中附醮，自然省劲得多，起斋的那天，娘子亲自去上香朝圣，醮成之日，再携小官人去通诚接旨便全了。"

袁氏翻历本折了个吉日，先遣桂香去和知观订妥，到那天早早起身梳妆，叮嘱丫鬟好生照着小官人，自与桂香两顶女轿直往紫云观来。

那太素太清道服鲜真地已在观门口迎候，请进坐定，奉上香茗，礼数了一番，便导引去瞻仰三清圣像，随见随拜，转转不止。

桂香在行前一意催促，只说越早越显虔心，到了观中，太素太清没问曾吃早饭未曾，袁氏娇怯，空腹随拜了一阵，但觉饥饿，不好启口，忍了又忍，叫桂香过来，小声道：

"你去看看厨下有无热汤水，斟一碗来。"

太素连忙拱手相问：

"可是大娘未用早饭？"

"来得早了，实是未曾。"

桂香道：

"看我昏了头，早饭办不及，怎生处，把昼斋早些吧？"

袁氏饿急，只得直说道：

"随分什么点心，先吃些也好。"

太素谦逊了几句，便命太清领桂香到灶下，托出一盘食物，一壶茶，摆上台面，但见好些时鲜果子，都解不得饥，唯有热腾腾的一碟米糕，便拈了上口，又香又甜，连吃了几块，呷过热茶，又不觉吃起糕来，再想自己斟茶时，眼前霎时昏黑，身子作堆软瘫在椅上。

此糕是将糯米带水磨粉，和匀酒浆，烘得极干，再研细了，又下酒浆，如此三四度，搅入几样不按君臣的药末，饎起成糕，一兑热水，药力酒性俱发，善饮者且当不起的。

及至袁氏苏醒，已是中计失身，无颜人世，耻念夫君，生也何用，转怜春晖幼小，撇割不下，椎心苦泣了半晌，只得恨声唤来桂香痛骂，桂香先则认错请罪，说着又贼忒脸嘻嘻，描摹出家男人的呭呭好处，发誓为袁氏排挡风险，便去拖了太素来跪在袁氏膝下，呜呜咽咽，再不起仰，袁氏见此光景，放声大哭，桂香悄悄掩门而去，太素拥袁氏入怀，好说歹说，阿谀得回嗔作喜，尽力颠波，奇窍百出，看看日暮时分，方始两下约定，三日后二更敲过，袁氏后门等候，太素风雨无阻。

　　且说章达仁在京见习僚职，极受恩公器重拔擢，此时曹瞻已正身尚书，部署初定，给假达仁回开封，迎娶眷属入京安家。时方腊月，倥偬动身不及先报，水陆日夜兼程，得到祥符县，眼看已入府界，归心一发如剑，顶着朔风，策骑趱驰，抵达家前正敲三更，系了马匹急切叩门，却寂无答应，便高喊起来。

　　这房的袁氏太素，那厢的桂香太清，仓皇披衣，计从后门出逃，讵料达仁敲前面不应，转到后头来叫唤，慌张中太素太清折回，钻入了丫鬟床下，袁氏桂香边整衣衫边答应着奔去开门。

　　达仁进屋，见玉珍一脸惊怖之色，道是自己来得突兀，怔唬了娇妻，也可怜见的，忙把京府得意事，先表个大略，旋即笑着嚷肚饥，招呼桂香速热酒菜。

　　惴悚在床下的太素，窃听到达仁朗朗而议徙家之计，便切齿定了主意，嘘个尖音引得桂香来，这道士平日身备迷魂春兴的丹丸，此时摸出塞与桂香，命下厨去调入酒中，桂香恐惧，太素道：

"又不是毒药，由他快些醉了，我与太清好脱身，大家万全！"

桂香心想，袁氏陪饮，两人醉个泥烂，倒好先打发掉太清，留住太素酷做一番，岂不大妙。

耳听堂上夫妻款洽说笑，渐渐含糊起来，少顷不声响了。桂香出看，只见双双瘫倒在地，太素从背后出来，捏住桂香的手道：

"堂上收捉干净，剩酒倒入阴沟，大桶水冲了，两个丫头要教好管紧，娘子醒来，对说那人永世不得回的，劝她拿定自己后路，切准今夜无人敲过门，四邻远宅，哪家知哪家的，这件事官府只会了结，风波一平，我就来安抚娘子，也总有你桂香的功劳，往后日脚长着哩。"

太素说罢，便与太清抬了达仁出去，横搭在马背上，牵了缰绳就走。

二道士束起袍幅，在昏黑寒流中绕小道，涉浅滩，上了高岗，此处算得一条本地人的捷径，赶路往城北，每有贪近抄行的，其下乱石嶙峋，活人失足决无生理。二道士先将章达仁扔入深谷，又用石块砸断马腿，合力推了下去，几声哀嘶，也静息了。

回紫云观的路上，大雪纷纷扬扬，太素拍着太清的肩背道：

"天公作美，万事大吉！"

"雪消了，难免发见，岂有不侦查的？"

"正要他考究侦查，才得明白此人雪夜赶程，马失前蹄，坠谷摔死，显见不是遭遇谋财害命，只为归家心急，祸由自取，皇天后土，实所共鉴。"

太清扼腕道：

"倒是忘记搜一搜身，或有甚宝货！"

"那你就短见了，远行人岂有不带银钱官票的，若使掏个空，官府少不得要四出缉盗，难保不纠葛出乱子来，即便查不着，案子悬在应捕的肚角落里，使人安不得枕，而今不动他一根毛，加上这场雪，到明朝踪迹全泯，再没纰漏的，你且坐着看卧着听，等地方官查实具结报了上去，曹瞻将拨下一笔恤金来的，到那光景，不妨向娘子挪半数来，你我消受则个。"

话说宋孝宗英毅贤明，有治世才，几度起师伐金，惜败于符离，不久也就传位光宗了。此时曹瞻老病归养，道经开封，追思达仁，难以为怀，召得袁氏暨子去见，春晖已十龄，体貌言音酷似乃父，甚得曹恩公欢喜，以为孝子不匮，永锡尔类云云，感慨勉慰了一番，母子叩谢，领得赏物归家。

春晖敏给早慧，虽未见家中有何异象，却瞥及丫鬟浣洗桶内，时有男子大衣裤，心中疑云密布。

一夕，睡梦间听得门闩咿呀，跃起出窥，有个人影偬手偬脚闪入娘的房中，春晖奔到堂前，把挂在门边的铜锣抨来，筛得一片价响，门口大喊捉贼，原来开封地方，远离京都，近年盗贼滋生，官司立令每家门内各置警锣，一家有贼，鸣锣为号，十家集护，如有失责者，连坐赔偿，最是严紧的，这时太素正在袁氏房中解衣脱鞋，忽闻锣声震耳，晓得坏事，披衣曳履夺门而逃，春晖怕娘的面上尴尬，也只呼跟追，无意揪捉，看看近了，掷出石头打去，击落葛履一只，比及邻舍赶上来问，只道贼已逃掉了，谢过众人，回来把门关上，挂起铜锣。

桂香和丫鬟都畏缩在袁氏身旁，春晖问道：

"方才赶贼，娘听见了？"

袁氏沉着脸道：

"哪里有贼，大惊小怪，扰得四邻不安。"

"贼没拿着，拿着一只鞋在此，明日要认须可认得！"

太素自从受袭之后，守观不出，心里闷闷盘算，这春晖小子日长夜大，刁泼异常，若不早早剪除，必败大事，那曹瞻已将对章达仁的一份心意，转在春晖身上，只怕小子得个机会，透过几句去，到时候再要下手就迟了，翻覆计较，决定循老法子，精心调制了损元斲本的无色毒粉，密嘱桂香逐日将入羹汤内，专饲春晖，多则半年，少则三月，徐徐淬死，任你仵作高明，验不出名堂，只道夭寿蔫折，说到袁氏这边，毕竟妇人之见，虽已尝到养儿如养虎的苦头，还狠不下心，得过且过，冀图两面光，太素瞒了她，径由桂香去断这条祸根。

袁氏也在苦苦思量，儿子作梗，危机四伏，念之不寒而栗，无奈独守孤眠，膏火自煎，越加数起太素的种种奥妙处，只怕中断久了，道士另有所欢，那就再也挽不回的。

某日春晖放学归家，桂香端出一碗莲心汤，春晖吃了几颗，觉得怪味，吵着要别样点心，桂香不许，强要他吃完，争执间打翻碗盏，弄得春晖衣襟全污，一时恼怒，抓把莲子掷在桂香脸上，袁氏本来有气没处出，见此光景，批了儿子一巴掌。

春晖奔出家门，袁氏叫丫鬟追去，却道影踪全无，草草吃过夜饭，只是呆等，一更二更敲过，瓦檐雨溜声响，袁氏与桂香打伞提了灯笼，街巷桥埠，各处寻叫，到得坟地，才听见春晖蹲在亡夫的碑下幽幽地哭。

那夜之后，春晖恶寒发热，便秘脾肿，卧床不起，延医服药，断是伤寒症，袁氏忧恐，桂香却以为春晖将死，欣欣然来与太素报讯，太素道：

"若是死在病上最好，若是看有起色，那小子将嚷嚷索食，你备得肉馅的糯米团在，给他几个吃，便太平了。"

"团子里要进末末么？"

"千万裏不得！"

"那他身子好起来，又要敲锣打鼓了？"

"指望他自家病死，果真逃出伤害关，你务必照我的话做去，糯米团且要冷着的，再有他老子的阴灵保佑，也难逃我这太上老君关！"

一月过后，春晖热退神清，便溺如常，只是十分消瘦，脱落许多头发，虚弱不能起床，袁氏遵医嘱，限他薄粥烂面，桂香暗中买了肉团，趁病人叫饿，悄悄塞给了，接连吃下两个。翌日早晨，袁氏启帐探看，春晖唇舌焦黑，浑身火烫，昏迷已有半夜，挨到晌午，泄泻全是紫血，日晚断气，医家会诊都判伤寒回头，天命如此。

殡葬后的当夜，太素袍履严整地大步进门，宽衣坐定，便把他的神机妙算闲闲道出，从来所谓"饿不死的伤寒症"，此病最忌临痊之际吃下难消之物，腹炎肠穿，任你天医神农也救不得的，桂香听了，合掌连赞法师大有讲究，袁氏颔首无言，转背坐在床沿落下几滴眼泪，事情也就这样过去，到后半夜，剔亮床头油盏，商量往后长久之计，说做就做，事不宜迟。

章门绝了宗嗣，袁氏自称夫殁子亡，绝意红尘，矢志性命双修，所谓"将欲无陵，固守一德"，标卖房产宅基，购得紫云观西几亩地，起造青风阁，俨然黄冠，道号玉真，自己作阁主，二丫鬟忝为道姑，都一色是出家方外人了，桂香随去做斋食，跑外场，密为心腹，使些银钱物事，笼络着她身辈上的乡亲族党，众口交誉青风阁好阁风，那玉真道姑向太素法师学了些乾坤坎离，铅汞黄白，居然行持符箓，调炼丹散，引动官府内眷，常莅青风阁奉真瞻礼，四季香火不断，地方缙绅士，旌表袁氏节义，旌赍有加，把阁子内外整饬得仙境似的，远远望去，"青风""紫云"相连，好一派修真冲虚气象。

此时皓月中天，松柏深处，云房灯明，太素正与太清醺醺然饮酒共话：

"想当年梁妙修公堂杖死的前一夜，我梦见老君，口称'你师父道行日高，将予他一个官做，你等可与他领了'，谁知后来府中叫去领棺木。"

"怪哉，昨夜我也梦见老君口称'你师兄道行日高，将予他一个官做'……"

"少来嚼舌，曹瞻早已归西，就使还阳转世，也奈何我不得，除非他在阴间封了阎罗王发勾票来。"

如此说着时，青风阁主已行来窗下曼声相呼，太素向太清皱鼻子，也不出去迎接，要知袁玉珍已遭冷落，自有年少美妇供奉着大法师，太素以行医设醮为脚路，勾引招惹，不知其数，袁氏自知年老色衰，软求硬争，惶惶不可终日，太素烦厌得火起，斜訾直骂，吵到袁氏服毒，太素强行灌水将解救过来，犹道：

"要寻死也该寻在吃了糕的那日子，倒也好得个牌坊，如今我冒风险为你除掉一大一小，你就太太平平活着，才是道理，别再兴风作浪，坏了三清名声。"

某日有府丞宝眷着员来约期青风阁设醮，袁主阁允承停当，到得前夕，独自关在房中暗泣，半夜烛熄，投环悬梁，悄无声息，平明，官眷一行轿马骈至，桂香不见主阁出迎，二道姑慌于应对，三人齐来叫唤，乱槌房门，官眷知有异故，即命随从差役破门而入，睹状大骇，解落尸身，襟口飘下一纸，密密写着半生恶孽，耻存人世，抱恨终天，其间历呈太素桂香太清同谋关节，指誓不诬，人神共诛……

从此紫云观青风阁废弃无主，渐渐颓圮，徒有松柏茂盛，数十年后蔚成大树林，观阁旧址，蔓草叶生，说也奇怪，那林中连一块整砖一片全瓦也找不到了的。

后　记

中国的小说，萌芽早而成熟迟，凡有名且广传的故事，都被甲写了又被乙写，例如李公佐详梦一节，唐《传奇》有之，宋《太平广记》有之，明王夫之的《龙舟会》又涉及，凌濛初更其泛滥停蓄了这宗素材。再例如《拍案惊奇》卷十八的"丹客"，倒溯渊源，则《今古奇观》《古今谭概》《智囊补》《剪桐载笔》，都可谓根蒂脐带——一个故事之所以被写了又写，大抵源于每代作者总认为前代作者尚未将故事表陈好，或不够味，或不够透，就像"故事"真有个本来面目可还似的，你还了，不能算数，我也要还一还，这样，代代下来，越还越像样的确是不少，还得面目全非的却也很多。

可以借古讽今，可以借今讽古，因为世上不外乎这样的人，这样的事。"人"和"事"一入文学，再今，也古了，而古被今看着时，再古，也今将起来。

《大宋母仪》的现代性，在于"同一种罪孽，接连两次发生在一个家庭里"，那么审判和报应没有惩戒和教训的作用，这样的象征性就大到了整部人类文明史，代代众生所犯的都是前辈已一再犯过的错误。恶在继续，日光之下无新事。这样的概念、观念，就不是凌濛初他们所能意识到了。

本篇情节、文字，全取《初刻拍案》卷十七正章，如果两者逐句对照看着，自可明取、舍、改、添之所为何事。幸甚。

附

录

诛枭记

正德年间，松江府城，殷户严永乐，世代清白，夫妻和美，三十岁上膝下犹虚，各处求神拜佛，遍许偌多隆重香愿，一夕，严娘子梦见雪地桃红，此后便觉眉低眼慢，果然有了身孕，十月既满，产下一男，煞是白胖可爱，万事都不要紧，只盼他易长易大，到得三岁，出起痘来，急坏了爹娘，通宵无寐，重金延请名医，待及痘花回好，更比黑夜里拾着了明珠还要欢喜万倍。

孩儿六七岁，聘一位老成塾师，取学名唤作亦斌，斌者彬也，文质俱备，那为父的巴望爱子是个文武全才。先习《神童》《千家诗》，怕辛苦了，每日读不上几句，便传回来芋相吃果子，亦斌也善装病佯疾，三日两头不进书房，先生看惯这光景，一任主人家措置。

过了半年三个月，媒婆上门议亲，却是一家宦户，郑老爷曾任太守，故世已有多年，严永乐要攀高，促媒婆求个口帖，选定吉日，极浓重的下了一副谢允礼。

亦斌挨到十四岁上才读完经书，十五六岁免不得教他试笔作文，际此，严永乐算算家私已弄个七八了，为的儿子成就，不惜告贷，重币请来一位饱学秀才，每年束修五十金，节仪、供膳之盛自不必说，亦斌十日九不在书房，西席落得吃自在饭，转眼又过了一个年头，正值文宗考童生，严永乐便命儿子赴考，没张没致替他钻刺乞人情，自折去好些银子。

考事过后，思量为亦斌毕姻，手头委实窘迫了，只得央中写契，借到俞上户纹银四百两，便备办礼品，择日纳采，订妥吉期，两月后，眼见好日将临，就欠接亲之费，严永乐东挪西凑，还不够支派，再由汪庭荣往褚员外家借来六十金，到底可以发迎会亲了，那边郑公子送妹过门，这边男家殷勤谦恭，吃了五七日筵席，方才散去。

小夫妻恩爱非常，在间壁的院里快活度日，郑家女子百般好，只见恃贵矜高，公婆两字看得小小，嫁资是丰厚的，少说也有三千金财物，郑氏收敛攒积，没一些放空，做公婆的供养儿媳唯恐缺失，日日价经心着意，总被嫌短嫌长勿像意，巴结了三年，严老娘害痰火病一日重一日，把家事托与媳妇掌管，郑氏承当之后，初时还有分寸，半年荏苒，日渐要茶不茶要饭不饭，老夫妇受淡不过，只得开口讨些，郑氏道：

"有甚大家私交割与我，倒要金衣玉食来了？"

婆婆可是个宿病之人，听见这等声响，自思不比三年前了，几亩田产只好给债主做利，箱笼中的衣饰，对付不时之需已抵过七八，严妈妈也是受用惯来的，今日休说外来，嫡亲儿媳尚且不到床前省亲一眼，每日三餐就是几碗粗面，越想越绝，痰喘剧发，撒手西去了。

严永乐顿足捶胸哭了一场，走到间壁对儿子道：

"你娘今日死了，可念母子情份，买口好棺材成殓，后日择块坟地殡葬，也尽了你儿子的心！"

亦斌道：

"我哪有钱买棺？不说好的买不起，便是杂木的也要二三两一具，前村李作头家有口薄皮，何不去赊了来，再做理会。"

严永乐含着眼泪向前村踽踽走去。

亦斌进来对郑氏道：

"我家老头一发不知进退，对我讨好棺木盛老娘，我叫他且到李作头那里赊口轻敲的，明日再还价……"

郑氏接口道：

"哪个还价？"

"便是我们省了头疼，替他胡乱还些吧。"

郑氏怒道：

"你自还去，我不兜揽，松一次，就有十次。"

随后，严永乐雇了脚夫抬棺材来敛了亡妻，停柩在家，儿媳也不来守灵也不供羹饭，夜间只听得老人一个子嘀嘀地哭。

两七过后，李作头来村讨棺银，严永乐指指隔壁，李作头会意，转身过院。

"官人家赊了小人棺木一口，快半个月了，请赐价银则个！"

亦斌道：

"真正白日见鬼，前日哪个赊棺材，便与哪个讨。"

"你家老官来赊的，方才他叫我来与官人讨。"

"好没廉耻，如何图赖得人！"严亦斌背叉着手，自进内堂去了。

李作头转来，见严永乐老泪纵横，知他已听得了，便道：

"银子没有，随分什么东西拿两件与小人也好。"

严永乐急急取出三件冬衣、一根银链子，事体总算过去。

忽又过了七七四十九天，想想还是只有向儿子商量：

"我要和你娘寻块坟地，你可主张主张？"

"我又不是地理师，晓得什么，就是寻着，人家肯白送，依我说时，送去东头烧化了稳当。"

严永乐心下思量，妈妈正经勤俭了一世，岂有死无葬身之所，当夜翻箱倒笼，掏得两袭皮质一只金钗，典了六根银子，四两买三分地，余二两请四个和尚做些功果，着人扛去埋葬了，烧过黄纸锡箔，回来时，严永乐觉得一生的气力都已用完。

寒冬天道，实在冷彻骨，添了斤丝棉，向店家讲定隔两天付钱，严永乐拿了件夏衫对儿子道：

"这东西，你要便买下，不要，便当几个钱与我。"

"冬天买夏衣？放着它，日后怕不是我的？"

亦斌来对妻说，郑氏道：

"却是你呆了，他见你不要，必去当铺败了，你该拿下，胡乱给几钱，总是便宜。"

亦斌又过院，走近道：

"方才衣服，七钱银子便罢。"

郑氏看了，叫亦斌将四钱去，并写一纸短押，限五月没——严永乐面色紫胀，把纸扯个粉碎。

翌日晨起，只见汪庭荣上门，开口即道：

"严老莫见怪，我这来是为褚员外的六十两头，虽则利是年年清的，却是些贷钱折合，总不爽气，今番他家要本利全偿，小人已无话回他，你老撑撑筋骨，了掉这一项罢，也省多少口舌。"

严永乐摇头叹道：

"当初要为儿子做亲，负下这几主重债，年年增利，囊橐已空，照说是他身背上的事，争奈夫妻两个丝毫不肯松动，便是老夫口食，也越不周全了，汪兄再作方便，善为我辞，宽限几时才好……"

汪庭荣变脸道：

"严老说哪里话，我姓汪的拿几个中人钱，馋唾都拌干了，你不知褚家上我门来，动不动就坐催，你倒还有这般懈话，当初为儿子做亲，便和儿子腾挪，我如今不好去回话，只也坐在这里看罢。"

"汪兄见教极是，容老夫与小儿商量，汪兄暂请回步，来早定当覆命。"

"是则是了，却怕我转背，不可就道过关了！"

汪庭荣甩手甩脚，也不作别，竟自走去。

严永乐要一步不要一步地踱过院来，只见闹盈盈的，炊烟肉香宛如庆节，问是甚事，原来郑家大公子省妹——严永乐垂头莫对，悄然回身，心里不禁想，今日宴客，为父的也当带挈带挈，且看有何光景，少顷只见端来的饭菜，与平时无异，喉咙顿时收癫，那厢，严亦斌与郑公子吃了一日酒，不好去唐突，只得躺在床上叹气。

次晨急于过院，儿子犹未起身，立在檐下静等个把时辰……

"大清老早，又有什么花头景？"

严永乐一惊，转身赔笑道：

"这时候也不早了，有句紧要话，只怕你不依！"

"依不得，不必说，什么依不依。"

严永乐嗫嚅道：

"那日子你做亲时，曾借下褚家六十两银子，利钱我是一直在清，今年要连本还了，我怎的来得及，本钱料是不能够，只好依旧上利，眼前我身无分文，别样我也不该对你来说，却是为你办的事，只得与你挪借些，你看……"

亦斌好像很开心地摊着手道：

"这倒不是笑话么，原来人家讨媳妇都是儿子自己出钱，等我去各处问一问，若是此，我便加利奉还。"

"不说要你还，只目前挪借些个。"

"有甚挪借不挪借，果真后日有得还，那人家也不是这般讨得紧了，昨日郑家阿舅有盒礼银五钱在此，待我去问媳妇，肯时，将去做个东道请请中人，再挨几时便了。"

"五钱银干甚用，与媳妇商量，水中捞月。"

儿子进房，不见出来，只得快快回转，望见汪庭荣已坐在那里，欲待闪匿，已闻声传来：

"昨日所约怎的了，褚家又三五替人我家来！"

严永乐一脸羞惭，两手颤抖……

"我家少爷分毫不肯通融，本钱实有难处，除非再寻些物事，准过今年利息，再容老夫徐图……"

说着不觉双膝屈了下去，汪庭荣歪转头脸，伸手扶起严老道：

"怎的这样，怎的这样，既有货物抵得过，且将去作数，做我不着，硬硬回他再缓几时。"

便将亡妻仅剩的衣饰，连同自己的几件直身，尽数将出来，汪庭荣宽打料账，结勾了二分起息合十六两之数，连箱子捐了去。

隔两天，汪庭荣又现身，为俞上户的四百两，利钱一发重大，严永乐只得诡诈道：

"已和我儿子借了两个元宝在此，还将去销了才好支使，且请回步，来早拜上。"

汪庭荣素知严永乐诚实，也不怕他遁逃。

严永乐明知这疤疽要出脓，赖过寅时赖不过卯时，活逼自己蹲到儿子面前，声道：

"适才汪庭荣又来索俞家的利钱，我如今只剩下一条命了，你可怜见我总是生身父母，救我一救罢！"

亦斌瞪眼道：

"没事又编派这些话来恐唬人，我不怕的！"

严永乐扯住儿子的衣襟，伛身嚎啕大哭，惊拢四邻来劝，亦斌脱身不见了。

入夜，郑氏特命厨下做出时鲜好菜，为夫君消气解闷，灯下开樽对饮，隔院传来一声声号哭，亦斌示意送饭过去探听虚实，郑氏道：

"死人还会嗥叫么，别理睬，饿够了自会过来讨。"

亦斌心想，果真了结，自也清净，只怕褚俞二姓不肯囫囵勾销，这多年来，全亏郑氏精明盘剥，财货积得在城南可称首富，难免背地里有人觊觎暗弄讼⋯⋯左思右想，三更敲过，还躁热睡不去，忽闻悉窣之声，

164

似是有人蹑近……房门轻轻开了，亦斌想叫喊而悄然卸身落地，从床下摸得檀棍在手，眼看那人影进来，移至箱柜角落，便一跃而起，举棍猛击，人影应声倒仆，郑氏惊醒，亦斌道：

"别怕，贼已打中了！"

燃明灯火，恐有贼伙应合，先叫破了邻舍，多有人披衣持械赶来，只见墙门左侧老大一个壁洞。

"打死的贼，在房里！"

众人拥进去看，果见一个瘦身横在地上，颅壳碎裂，红白模糊，有眼尖的叫道：

"这可不是严老么？"

"是也是的，却为甚做贼，自家偷自家？"

严亦斌夫妻到这时刻不由得不呆了，一头假哭，一头分说道：

"实在不知是我家老头呀，只认是贼，故此打了，看这墙洞，须知不是我……"

众邻道：

"你夜间不分皂白，自也难怪，只是事体重大，当要报官！"

知县质明缘故，相验了尸首，断道：

"以子弑父，该问十恶重罪。"

旁边出来一个承行孔目，禀道：

"严亦斌夤夜拒盗，勿知是父，不宜坐大辟。"

地方里邻也随着说话。

知县提笔判道：

"严亦斌杀贼可恕，不孝当诛，子有财，而使父贫为盗，不孝极矣，死何免焉。"

当堂拖翻，重笞四十，上了死囚枷，收入深牢，郑氏只好日日遣人送饭，多使银子打点，几次来探监，惹染牢瘟，不一个月，死了，家丁散尽，三天没送饭，严亦斌饿毙牢中。

　　注：是篇亦出于《二拍》，附录于此，以昭彰人心恶毒之酷烈，叹为观止而不能止。